用心讲述1949年的非凡记忆。

用力畅想中国少年的光荣梦想!

蒋 殊 著

再回1949

——那时的少年，那时的梦

1949年，他们是一群风华正茂的少年！他们独立的讲述，让1949年的某一天， 镌刻进历史的画卷！

长江出版传媒
湖北人民出版社

图书在版编目(CIP)数据

再回 1949:那时的少年,那时的梦/蒋殊著.
武汉:湖北人民出版社,2019.7
ISBN 978-7-216-09720-8
Ⅰ.再… Ⅱ.蒋… Ⅲ.散文集—中国—当代 Ⅳ.I267
中国版本图书馆 CIP 数据核字(2019)第 059992 号

责任编辑:刘　佳
封面设计:陈泽新　刘舒扬
责任校对:范承勇
责任印制:谢　清

出版发行: 湖北人民出版社　**地址:**武汉市雄楚大道 268 号
印刷:湖北新华印务有限公司　**邮编:**430070
开本:880 毫米×1230 毫米 1/32　**印张:**8.125
字数:100 千字　**插页:**4
版次:2019 年 7 月第 1 版　**印次:**2020 年 8 月第 2 次印刷
书号:ISBN 978-7-216-09720-8　**定价:**28.00 元

本社网址:http://www.hbpp.com.cn
本社旗舰店:http://hbrmcbs.tmall.com
读者服务部电话:027-87679656
投诉举报电话:027-87679757

contents

目录

contents

目录

受访人:李月萍,天津人,退休医生,1941 年出生,1949 年 8 岁。

当年，李月萍与表姐穿着一模一样的花衣，被人夸为双胞胎小姐妹，她眼里最美的人却是在医院病房忙忙碌碌的大姨，因为大姨身上是一顶折边护士帽，一件收腰护士裙，看上去美得无与伦比。

那身诱人的护士装

天津和平路与哈密道交会处，有一个叫“四面钟”的地方。这是一栋两层楼高的灰色建筑，始建于1902年。二楼转角处，有一座漂亮的钟楼立在高处，圆拱形的门窗，拱起的三层上，东、南、西、北侧各有一块罗马表。每到整点，钟声便“当——当——”在上空响起，因此得名“四面钟”。而它周边方圆约 0.125 平方千米的路段，也统统叫作“四面钟”。

20 世纪 20 年代末，四面钟北侧盖起了中原公司大楼，南侧法租界盖起了劝业场、天祥商场、浙江兴业银行、国民饭店等几处大型建筑，还开通了有轨电车。因其地处日租界旭街，就更加繁华了。

李月萍的童年，就在这里度过。1949 年 1 月 14 日，天津战役打响，只用了短短 29 个小时，就将天津这座特大城市收复。李月萍和同龄的小朋友们，得以早早享受到和平的阳光。

她的家本在金钟河铁路宿舍，但家里孩子较多，因此身为老大的她便被姥姥带在身边，住在姥爷所在的天津市卫生局宿舍。与她同在姥姥家生活的还有大姨的大女儿，大她一岁的小表姐。因舅舅与姨姨们都已参加工作，因此姥姥家的经济条件在当时非常不错。

卫生局宿舍是二层楼房，位于河北路与哈密道交会处。那个年代，这样的楼房很少。“三层台阶上去，才是楼的大门。”李月萍记得特别清楚，“大门进去是深深的、长长的长廊，里面顺木质楼梯而上，踩上去发出‘咯吱咯吱’的响声。上去再拐回来，就是我们住的房子。”

李月萍姥姥的房子，正好在大门正上方，还带一个小晾台。常常，她与表姐坐在晾台上，高高地看远处的四面钟，看街上的房子与人。尽管那时候行人、车辆不多，但这样的视野看来，毕竟是一道难得的风景。

所以为了不分心，两姐妹写作业时，总是按照姥姥的要求，背朝大街。而放学遇到大人还没到家时，姐妹俩就坐在大门口的楼梯上等，或者在前面的空地上跳皮筋。

“我和表姐都很瘦，可以跳很高。”说起那时候的日子，李月萍忍不住感叹，“一个快乐的童年。”

李月萍姥姥家可以说是医学世家。姥姥的父亲就

是北京协和医院的外科大夫，在本地当年无人不晓。姥爷先是眼科医生，后转至卫生局工作；大姨是护士，姨夫也是妇产科大夫；做妇产科大夫的还有舅妈；父亲是药房主任。因此李月萍记忆中，家里人茶余饭后讨论的话题大都与病人有关，与病情有关，比如今天哪个病人生了什么稀罕病，哪个眼看不行了又被抢救过来，而哪一个却没有治好遗憾死去。对于死去的病人，大家还要分析讨论一番，争执一下哪个环节不到位，出了问题。

李月萍与表姐从小就浸泡在这些医学知识里。然而从医的人都很忙，她从小就知道，做药房主任的父亲从来没有一个大年三十在家度过。那时候医用盐水、葡萄糖，都是医院自己制作。因此遇到重大节日，当主任的父亲便要自己留下来，让平日里忙碌的医生们回家过一个团圆节。

也因此，那时候每周日，李月萍都要从姥姥家回到自己家里，帮助母亲干一些活。回家的交通工具，就是有轨电车。

天津市第一路有轨电车为白牌，俗称“白牌电车围城转”。之后陆续开通了“红、黄、蓝”三牌电车，均以北大关为起点。李月萍乘坐的是“黄牌”电车，从四面钟车站上车，经大约五站地之后到金钟河下车，步行回家。

远远地，那一排一排的平房就是她在铁路宿舍的家。回去第一件事，就是给弟弟妹妹洗衣服，每次都要洗到浑身出汗。李月萍说干完再回到姥姥家，一定会生一次病。因此姥姥还曾心疼地对她说：咱以后不回去干活了。

那时候，李月萍的大姨在姥姥家附近一家大医院做护士工作。因距离较近，常常回来看望她们。大姨把李月萍当女儿看待。大姨的手也巧，给女儿做衣服时，总要一模一样的做两件，另一件就是李月萍的。相差一岁的两姐妹，长相、个头都差不多，又每天一同上下学，走在路上总惹得行人注目：双胞胎吧？

李月萍与表姐最爱做的事，便是每天午饭后，一起到医院给大姨送饭。做护士工作的大姨很忙，没有时间回家来吃饭。而这份差事，又是两姐妹极爱做的事。每天上午放学，她们总是以最快的速度跑回家，再以最快的速度吃完饭，之后，抢着拎起姥姥装好的饭盒袋，蹦蹦跳跳跑向医院。

“真是一个神圣的地方！”李月萍今天依然要感慨。记不清大门，记不清外观，深深印在她记忆里的只有病房，整洁、干净、宽敞。

一推门，或者有时在院中，李月萍远远便可看到大姨。

大多数时候，大姨忙忙碌碌，跑进跑出，安顿着一个个病人。李月萍与表姐便站在病房一角，看大姨工作。有空闲的病人或家属，便要齐刷刷看过来：哟，漂亮的两姐妹又来了？可真漂亮！

两姐妹羞涩而喜悦地接受着大家的夸赞，眼睛却不停歇地盯着那个熟悉而陌生的护士。

“太好看了！”她再次欣喜地说，“白色的护士服把腰收得细细的；帽子带个宽边，然后翻下来，特别好看。”

这个形象，就是大姨在李月萍脑中的形象，也是护士留给她的形象。之后多少年，她都觉得护士就该是这样的形象。

有时候，医生也在。有的病人似乎很痛苦，医生就会走过去，微笑着问一阵，掏出听诊器听一阵，再用手在什么部位按一阵。之后护士再过去安慰一阵，解释一阵。有时候，大姨的手就轻轻放在病人手上、身上。病人的脸上，立即绽出笑容。

医生的工作，护士大姨的工作，崇高而神圣。

“长大以后，我也要穿上这样漂亮的衣服，走进这样的病房。”幼小的李月萍，在内心种下这样一个梦。

果然，16 年后的 1965 年，李月萍如愿考上天津医学院医疗系，毕业后分配在山西医科大学第二医院，在呼吸科临床工作多年，从主任医师位置退休。当年与她一同上学的小表姐，也与她一样考入同一所大学，一生投身医疗事业。

受访人:王秀春,山西太原人,曲艺家,1940 年出生,1949 年 9 岁。

关于上兰村的记忆里，还有一大片一大片粉色的花。多年以后他无数次回想，到底是桃花、杏花，还是别的什么花？王秀春不明白，一个男孩子为什么喜欢粉色的花？或许，那些花，柔软了不远处的那座城？

酸溜溜的草，粉嫩嫩的花

一头小毛驴，两个柳条筐，哥哥与弟弟，是王秀春 1949 年记忆中的初春画面。

那时候的太原，阎锡山军队死守城内，对各城门的防控更加严苛。有能力的百姓，已经提前离开。剩下的人，只有窝在城内听之任之，包括王秀春一家。

恐怖的气氛，未卜的日子，王秀春的父亲想到太原市北郊向阳店的亲戚，想把孩子们送到那里躲躲。

酝酿了几天，父亲雇回一头小毛驴，毛驴身上放两个筐，左右各一只，将王秀春与弟弟一边一个放进去。年幼的王秀春记得清，他们是从大北门出去的，那是一个呈“回”字形的城门。出城时，父亲拿出事先准备好的一包东西，塞进身边的守兵手里。

那包东西让他们顺利出了城，通过战壕翻出城外，向着向阳店的横渠村走。

空气立即变得清爽起来，所有人不约而同大口呼吸。王秀春与弟弟虽小，也能感受到与城内不一样的气氛。

今天，开车从大北门出发，到向阳店大约半个小时车程。这一段距离，当年一头小毛驴走得并不轻松。年仅 9 岁的王秀春，自然不会对所用的时间有印象。他的记忆里，只有城外的开阔视野与乡土气息，以及后来常常与弟弟在庄稼地里翘首期盼父亲到来的场景。

原来，父亲送他们到向阳店的三舅家后，自己又返回太原城内，为一家人的生活打拼。父亲在城里开一家杂货店，叫“义垣号”，像现在的超市，印象中货品种类齐全。每天放学回去，王秀春总是第一时间跑进去，拣些好吃的放进嘴里。

可惜，“义垣号”被关在城里，这或许是王秀春出城最遗憾也最不舍的事。他只好与弟弟一起，按照约定的时间巴巴地在田边盼一个身影。与其说是等父亲，不如说是等食物。对于幼小的哥俩来说，完全意识不到他们离开的那座城有多危险，而依然不得不身处其间的父亲，也极其不安全。

父亲一次次践行着自己的诺言，大概十天半月出城一次。

王秀春后来想，是不是每次出城，父亲都要给守卫的哨兵一包东西？

远远地，一个身影从不平坦的小路飞速而来。那辆自行车很破，却强过小毛驴百倍。父亲飞身而来的影子由模糊到清晰，潇洒、亲切、温暖。

最初，父亲还带些“义垣号”里的稀罕吃食来，但很快就没有了。大多数时候是拿一只桶，里面装着豆瓣酱。王秀春说是用喂牲口的豆饼发酵后做成的。不过在他与弟弟眼里这就是最好的美味，因为天天饿得不行。

后来，父亲的“义垣号”开不下去了，城内粮食奇缺，国民党的兵甚至把他们家柜台上的猫都抱去吃了。

自解放军的炮火控制了太原的所有机场后，国民党的兵主要靠空投的物资也没了着落。偶有从天而降的麻袋包砸进民房，抢粮的市民随后就被扫粮队打得头破血流。战役后期，市内酒厂、醋厂库存的糟糠和油房的豆饼成了抢手货，一块豆饼最贵时卖到二三十块银圆，一些市民一天只吃一顿豆饼，连野菜都没有，许多人因此患上夜盲症。市面上传说，有人抱着金子被饿死。

为节省仅有的粮食，阎锡山以避免炮弹造成伤亡为名，将城内的老弱病残送出城，但这些难民大多难以通过封锁线，经常是早晨离去晚上又回来。

王秀春与弟弟是幸运的。他们离开那座恐怖的城，不用担心被战争的阴影笼罩。有时他会跟着三舅去种地，帮着推一辆装满粪的独轮车。独轮车在窄窄的小道上吱吱呀呀响着，音符般在王秀春的童年律动。

太原城内，王秀春的家是一座四合院，困难时期，父亲把周边的亲戚都叫来同住。但城里形势一天比一天严峻，最后父亲也迫不得已跑出城，把仅剩的一些货品带到向阳店摆了一个小小的杂货摊，补贴艰难的日子。后来一段时间，他们又住到上兰村大姑家。

上兰村地势较高，在太原北面，爬上房顶便可望到太原这座被困的城。城内城外，剑拔弩张。城内的百姓期待着这座“牢笼”早一天打开，还人们以自由身。在村里，他几次听说傅作义的兵来了，大人孩子就跑出来看。那些兵头戴皮帽子，有时候就在百姓的院里做小米饭吃，还炒土豆丝。

土豆丝的香啊，能飘满整个村庄。王秀春远远看着，闻着，口水一串串咽进瘪瘪的肚子里。以至于今天他一见到土豆丝，胃里就涌上无法抵制的食欲。

吃不到土豆丝，他就与弟弟一起，跑到地里，看那些生长的草有哪些可以吃。不认得品种，不知道名字，看到顺眼的、娇嫩的就拔起来尝。果然，他常常有新发现，比如有些草酸溜溜的，味道极好，他就一把把拔来当零食吃。

关于上兰村的记忆里，还有一大片一大片淡粉色的花。多年以后他无数次想，到底是桃花、杏花，还是别的什么花？始终不得而知。王秀春也不知道，一个男孩子为什么喜欢粉色的花，常常一大捆一大捆地采，然后背回大姑家。有时在路上歇歇，望一望远处，想想什么时候可以背着这些粉色的花回到那座城？

城外与城内，是两个世界，城外的天地无比自由。大人不管他们，他就带着弟弟跑去看汾河的水。有一个地方最吸引他们，那里有气势雄伟、壁立峻峭的一块裂石，还有石隙中流动的清澈溪水。水中一条条鱼，清晰可见。多年以后他才知道，那个地方叫“裂石寒泉”，是古晋阳八景之一，也是20世纪80年代中期以前河东居民的生活水源地。早年，著名书法家傅山先生也常常流连于此，读书作文。

老人们说，解放后最初的秋季，还能在那里见到一排一排的木筏顺河而下的壮丽画面。

太原解放战役，终于打响了，昏天黑地。王秀春与上兰村的孩子以及大人们便爬上房顶看。枪声，炮声，轰鸣声，声声入耳。他们不知道什么结果，只跟着大人们担忧。之后回城，听城里人说，当时的场面太惨，爬上城墙的解放军战士，一批批被打得从空中跌落。多年以后，王秀春专程跑到牛驼寨烈士陵园，了解当年他远远望不到的硝烟背后的故事。

枪声停了，大多数百姓还悄悄待在地道不敢出来。后来，有解放军战士进院喊："老乡们，出来吧，以后就安宁啦！"

王秀春他们，就在那之后远远看到了焰火。上兰村百姓全体出动。从大人们兴奋的议论中，他知道，城外的兵打进去了，城里的兵跑了。

王秀春跟着父亲，回城了，回家了。没想到一进院，却发现家中的东西不翼而飞。

接下来的场景王秀春一生也忘不了，或者说他见证了父亲的神奇之处。他说，父亲往院里一坐没多久，家里的东西竟一件一件陆续回来了。原来，是亲戚邻居以为他们一家不回来了，便把他们家的东西全部拿走了。

家园宁静了，王秀春被父亲送进解放路头道巷小学。他记得，老师叫马祥，方脸，英俊，眉毛黑黑的。马老师教他们音乐与体育课，唱的是《咱们工人有力量》《团结就是力量》。他说现在无论在哪里听这些歌，都没有当年马老师唱得好听。曲艺家王秀春的记忆里充满歌曲声，还有大北门一带一个自由市场内的唱戏声。当年他不喜欢坐在教室听课，就跑出来听戏，听评书。一次听一段不过瘾，急得团团转。于是有人告诉他，可以借书看。他才知道，儿童公园（原海子边）那里有一个图书馆，那里的书上，有评书里说的内容。

解放了，曾经的生活习惯有一些又慢慢恢复了，比如父亲又会像解放前一样，忙完生意就站在路边潇洒地一挥手：洋车——

一辆洋车应声停在身边。大多数时候，王秀春会跟着父亲，去听戏。

解放后的太原城，百废待兴，但也布满陷阱。比如后来一段时间，人们在街上走着走着，突然地雷就炸了，有人就受伤了。

城内没有粉色的花，王秀春便跑到旱西门一带，找曾经酸溜溜的那种草，有时会惊喜地找到，拔一些带回来，蘸了白糖吃。

受访人：刘改鱼，山西左权人，歌唱家，1939年出生，1949年10岁。

动荡的岁月里，刘改鱼幸运地可以奔跑在看一场一场小花戏的路上。尤其让她难忘的是，路途上那温暖的肩膀。

永久的温暖肩膀

“天亮了，鸡叫了，背着书包上学校。”这是少年刘改鱼每天该背的课，该做的事。

可是，她并不喜欢天天坐在教室里，“啃”那些书本上的字。

她的心，在舞中，在歌里。

“每天就想着唱歌。”幸好，她所在的山西左权是民间艺术之乡。刘改鱼又生活在左权县城。尽管社会动乱，但这些民间艺术活动并未间断。对她来说，最诱人的就是小花戏。

小花戏也叫“文社火”，起源于明初或宋元之间，至清末盛行于辽县境内。抗战时期，“小花戏”的叫法替代了“文社火”。1942年9月，为纪念八路军副参谋长左权在十字岭反“扫荡”战斗中壮烈牺牲，辽县改名左权县，“小花戏”称为“左权小花戏”。

刘改鱼说，小花戏的特点，就是“一小二花三有戏”。小，是指表演者年龄小，剧本小，演出场地小；花，是指表演者身形多变，活泼动人，主要道具彩扇、彩绸上下翩飞，呈现出百花盛开的效果；戏，就是要具有完整的剧情，以及活泼风趣的语言对白。

中华人民共和国成立了，小花戏自然要出来以自己的方式助威，刘改鱼和伙伴们盛装上场，边舞边唱：“太阳出来东方红，新中国已诞生，全国人民翻了身，站起来，当家做主人。”直到今天，她还清楚记着每一个舞蹈动作，忍不住现场表演，再回童年。

当家做了主人的农民，都得到了什么？听听小花戏的呈现吧：

“母亲”唱：分了地，分了房

“姐姐”跟上：俺分了一件小棉袄

“父亲”笑：俺还分了头大黄牛

“小妹妹”跳出来：俺还分了一件阴单士林小布衫

“小弟弟”也不示弱：俺还分了顶老虎帽

一旁安坐的“爷爷”举举手中的家什也开了口：俺还分了个大烟袋

刘改鱼说，小花戏就是这样，即兴编，即兴演，把生活分享到戏里，也把知识融进戏里：“种高粱，带小豆，玉茭埋在土里头。”

那个年代，吃是头等大事。人们穷怕了，饿怕了，尽管分了土地，有了余粮，但也总要一粒不剩地存起来。为了让农民知道以后不会饿肚子了，同时也该把多余的粮食卖出去供给需要的人，小花戏编了《劝夫卖余粮》：“叫一声丈夫你听仔细，卖余粮本是应该的，咱把那新旧社会比上一比，保管你推上车子卖粮去。”

当然，有了房有了地，还得春种夏忙秋收，偷懒是没有好收成的。为了告诫村里的懒汉，小花戏编出了《捉懒汉》，让每一个农民都动起来，用双手换取美好的生活。

小花戏大多在正月跳，服装就是过年的新衣。蓝底白花上衣，小花裤，初一早晨新崭崭上身，东家进西家出，一是拜年，二来给小伙伴们展现新衣。一过初五，便要脱下来洗干净放在箱子里。十天后的正月十五，打开箱子再一次拿出来，穿起出门跳小花戏。发辫上，母亲用一块陈旧却鲜红的布条系一个大大的蝴蝶结。

母亲出屋，从门上撕一片对联纸下来，有时蘸水，有时就“呸”地吐一口唾沫上去，再抹在女儿嘴

唇上，又涂在腮上。再拿出早准备好的一根麻秆，火上燃过，吹灭，细细给女儿画出两道弯弯的眉毛。

一个唇红眉黑齿白的小姑娘，花儿一般举着彩扇彩绸，带着比过年更好的心情欢跳着出门，进入一场一场小花戏的剧情。

刘改鱼天生嗓子好，她说也是从小喊出来的。她是家里的老大，下面有三个妹妹一个弟弟，父亲便把她当男孩养，小小年纪就帮父亲送粪、送饭、牵牛，有时候把她一个人放在荒凉的山上。她说害怕呀，就自己喊、叫、唱。

说起“南街那个唱歌好的小姑娘”，左权人都知道是刘改鱼。

火红的正月天，每个村都垒起旺火。而她们这些小花戏演员们，要跟着表演的队伍一个村一个村走进去，一家一家表演完毕。得到的报酬，是花生、瓜子，或纸烟。正月天过后，负责人才把积攒的酬劳拿出来，一个个论功行赏。

一个正月天，是最欢乐的，也是最累的。不停歇地走过沟沟坎坎，连大人们都累，何况孩子。于是组织者专门配备了一支特别的队伍，背这些跳小花戏的小演员。刘改鱼说，每年背她的是一个姓曹的叔叔。崎岖不平的山路上，寒风凛冽的冬天里，一个个小姑娘趴在一个个宽厚的肩头，温暖、踏实。

长长短短、宽宽窄窄、高高低低的山路上，走村串户表演的队伍成了乡间一道美丽的风景。而背着小姑娘的汉子们，何尝不是这支队伍中最美的那一道风景？

参加工作后，她仍忘不了背她的曹叔叔。于是在某一年买了烟，专门回去探望。没想到的是，曹叔叔已经去世，给刘改鱼留下极大的遗憾。

只存下久远的温暖。

受访人：刘守垠，山东章丘人，退休干部，1939 年出生，1949 年 10 岁。

三所学校，三种课本；三支队伍，三种作风。几年挣扎摇摆，终于拨云见日，却非“青天白日满地红”，而是五星红旗的红。

红

红有几种颜色？79 岁的刘守垠毫不犹豫地回答：两种。

1939 年出生的刘守垠人生经历有些特别，因少时家境富裕，5 岁就得以到私塾念书。

“就像电影电视里那样，跟着先生摇头晃脑诵读《三字经》《千字文》。”这样的读书岁月，两三个月就终止了。

他还懵懂着，不知道日本人被打跑了，他被送进新学校。

眼前似乎一片光明。学校里学生们齐声高唱中华民国国旗歌，刘守垠记得一句：“同心同德，同一标帜：青天白日满地红！”

他似乎还没有搞清“满地红”是哪一种红，学校又停办了。1948年9月底，刘守垠的家乡解放，他第三次推开校门，是解放军办的民主学校。

学生们唱的歌曲，变成《东方红》。

然而当时太阳并不能顺利升起。由于解放了山东的许世友部队执行重要任务撤走，国民党还乡团乘虚杀了回来，开始反攻倒算。

不断抓人，杀人。

学校，再一次被迫锁门。

刘守垠对日本人的印象是大人传递下来的，到他记事起，逃难的日子结束了。至今真切存在于他脑中的，是国民党与共产党的兵。

尽管没有抗战时期严峻，但空气依然凝重到恐怖。他说当时村子里白天国民党兵横行，抢东西，抓壮丁。装备差的解放军晚上才从南山下来。他想了想说其实不是解放军，就是当地的游击队，比如章丘武工队之类的队伍，也向百姓筹粮草物品，他们要的衣服是“青裤，白褂；青鞋，白袜”。

青，就是黑色。确实，电影里有过这样的形象，敌后武工队。这些队伍不像国民党的兵，动员百姓支援是有条件的，比如说管吃管穿，这在当时很容易赢得支持。因为连年动乱，土地都荒了，百姓大多难以吃饱肚子。

说起那时候的村长，他说特别不好当，常常要两面应付两面周旋，即便是倾向解放军，也不敢得罪国民党的兵。有部队到来时，村长便要敲出不同的锣声，如果听到从容的“当——当——当——”，便知道是解放军来了；如果是急促的“当当当——”，一定是国民党的兵到了，便要赶忙藏起手头的物品。

那些年，国民党的兵与解放军就这样此起彼伏，出现在刘守垠的村里。他说，因为都有近距离接触，所以留下了深刻印象。国民党一支是七十三军，当时经过他们村住了一个晚上，是一个营的编制。没想到就这一个晚上，却出事了，一个士兵强奸了村里一位姑娘。

姑娘当然不让，告状了。

营长怒了，问可有证据？姑娘像之后电影里演的情节一样，说在士兵的屁股上抓了一把。于是营长下令，找一个院子，全部脱光，查！

果真，查出来了，还是一名副连长。

不到两个小时，这名犯了事的副连长被枪决。刘守垠说好怕呀，说杀就杀了。很快他们听说这位营长是黄埔军校毕业的，纪律严明。不过当时他们并不知道黄埔军校是什么概念。

另一支在村里住过的国民党军，是九十六军。他说这些兵们进村时手里举着锯子，腰也不弯，见到树就咔嚓锯断，然后拖到公路上做路障，后来知道是防可能追上来的解放军的。他们又不由分说，把百姓的门板卸下来，修筑工事。刘守垠说，那些兵到百姓家里，金银、财宝、首饰、瓦罐甚至牲畜，几乎是一扫而光。刘守垠的姐姐后来给家人哭诉，她的一双绣花鞋都被拿走了。

当地人于是暗地里编了一句顺口溜："九十六军红脖子，就是不要碾坨子。"意思是这支队伍除了沉重的碾子实在背不动带不走，其他一概要拿走。至于为什么称他们是红脖子，是因为他们的脖子上统一围一条红布。

这些士兵中还有一些人，悄悄抓村里的青壮年。但他们抓到人并非是带到部队，而是找个僻静处，与对方互换衣服，再把枪强行挂在对方脖子上，自己偷偷溜回家去。村里被抓走的七八个青年，有的侥幸跑了回来，有些就真当了"炮灰"。

与国民党兵相比，解放军战士自然就和善多了。刘守垠记不清是哪支部队，总之是正规军，在村里住了大概半个月，大多是安徽那边来的。因为有伤病员，就盯上了村里的狗。但这些战士的作风与国民党兵完全不同，谁家有狗，他们就上门，拿出两元面额的北海币，把狗买走。

刘守垠回忆，当时一元北海币可换二斤白面，一条狗便可换四斤白面，难怪老百姓也情愿呢。

解放军在村里住，要借被褥锅碗。但都能做到来时怎么借，走时怎么还。偶有弄坏的，就放下一块两块北海币作为补偿。

但解放军普遍装备差，缺军火，有些十几个人的战斗队，一个月才 30 发子弹。但国民党兵不同，装备好，子弹富余。他们从村里离开后，刘守垠竟从他们身下铺的稻草里捡到 20 多发子弹。解放军战士不知道从哪里听到这些消息，也或许是猜测，就想法跟他们这些孩子套近乎：有没有捡到子弹？刘守垠说当时他们还害怕，就躲着走。后来看这些兵没有恶意，就大胆回答：有。

能不能送给我？

为啥？不给。

你不就是想玩弹壳？交换行吗？两个换一个！

不行。

那，三个！

就这样，刘守垠用自己捡到的子弹，换得 100 多个弹壳。他说，后来父亲当铜卖了钱，换了粮食。

多次近距离接触后，心里的恐惧消除了，打破了之前国民党宣传的“解放军都是红鼻子蓝眼睛”的妖魔形象。

中华人民共和国成立了，刘守垠并不清楚，只是听大人说：“老毛”掌权了！

他没见过“老毛”，但知道之前的解放军就是“老毛”的队伍，是为老百姓做主的。于是村里开始盛大庆祝，墙上都是醒目的标语：“拥护新中国”“解放台湾”“打倒蒋介石”。

人们还编了歌：“蒋匪帮，一团糟，地痞流氓真不少……”

之后又高唱：“你是灯塔，照耀着前进的方向，伟大的中国共产党……”

刘守垠的姐姐，还亲自上阵演起话剧《兄妹开荒》。那种热闹鼓舞的场景，那种极其愉悦的心情，此后很少再有。

“东方红，太阳升，中国出了个毛泽东……”

这首歌，又响亮地在学生中唱起来，继而在全村唱起来，甚至是吼起来。

刘守垠知道，这种红色，不会再变了。

受访人：赵俊文，山西武乡人，退休工人，1939 年出生，1949 年 10 岁。

一个小小的村庄，一群小小的少年，用鸡，用石头，用高粱秆，用小钱儿，拼力圆着一个个英雄梦。

英雄梦

“猴儿，回来！”母亲这样严厉的声音时常隔窗响起，“看冻死呀！”

“娘，不冷——”猴儿知道娘不会真生气，头也不回应承着，依然专注在雪中的一只麻雀身上。

猴儿的大名叫赵俊文，他也不知道多大的时候有了名字。反正当时在村里，小伙伴们大都用的是猴儿、狗儿、三儿、小四等小名。那时候也没有出生于哪一年这个说法，都是问：你属啥？然后一掐指：

哦，10岁啦。

与别人一样，出生于1939年的赵俊文，也是中华人民共和国成立以后推算出来年龄的。

抗日战争，解放战争，终于结束了，总该做些正经事了。天暖和时，被大人撵着出去放羊。冬天不出门时，又被赶着进了学校。说是学校，其实是占用着一户人家，“教室”里零零散散，孩子们在地上窜来窜去，吵吵嚷嚷。有些扭身跑去岭上玩耍的，老师也不制止。

刚刚解放后的冬天，农村营造起良好的学习氛围，除了孩子们，村里大人尤其是妇女们，在冬天闲来也要求“上冬学”，这是政府安排的义务扫盲教育。可村里本来也没什么识字的人，有些上进的，表现好的，临时培训一阵，回来就当起老师，在台上转述学来的知识：“天，哪里有天？上面就是空气。”

人们就又笑又骂：“瞎说，怎能没有天？看天打雷劈呀！”

背后有人偷笑：“义务教育不识字。”

赵俊文这些孩子们的心思，更不在认字上。亲历过连续的战争，目睹了一支支队伍一群群兵，那种不是你死就是我亡的惨烈场面，在他们年幼的心中种下一粒粒闪耀的种子。

谁都想做胜利者，尤其是男孩子们。没有枪，没有武器，怎么办？便抓来鸡。约定到来的这一天，男孩一定会主动要求早早起床完成放鸡的任务。憋闷了一个晚上的鸡儿昂首出窝，最骄傲也最厉害的那只，突然就被男孩的手抓住，两只翅膀向上一扭，被拎着溜出院门。

前一天说好的对手早已鬼鬼祟祟地等在路口，后面还跟了好几个男孩。他们相视一笑，跑到一个空旷的僻静处。

抓在男孩手里的鸡，远远就看到另一只同类迎面而来。起初是不屑，然而两只手却执意将它们亲密地凑在一起。

都是公鸡，有啥可亲密的？于是，“你碰着我啦！”其中一只正饿得咕咕叫的便在心中怒吼，一张口啄上对方肉乎乎的鸡冠。

“呀！疼死啦！”另一只终于火了，“谁稀罕挨着你？神经病啊！”

成功！两个男孩就这样轻易触怒了两只鸡。他们知道，不需要束缚，鸡不会再跑了，它们雄性的斗志已被激发。于是放鸡到地上，一场恶斗就在这个清晨激烈地展开。

两个男孩当然不会闲着，各自拼力激发着自家公鸡的斗志，贡献着公鸡们其实听不懂的策略。跟来的小看客们在观察后也有了各自倾向的鸡。于是公鸡们激烈地打，男孩们猛烈地吼。一方空间里，摇旗呐喊，加油鼓劲，地动山摇。

当然，每一次都是血淋淋收场。战胜的公鸡，被主人与追随者像英雄般抱在怀里，主人再抓一把早已藏在破烂口袋里的玉米粒、谷壳出来作为奖励。战败的，便无精打采独自疗伤，连主人也会扭身弃它而去。

无论胜者还是败者，不久后都会被家里真正的主人发现，于是大人们一边吼骂着“小祖宗”，一边拎着扫把满院追打孩子。

除了斗鸡，还有“打孩儿”“辟棒儿”等活动。

“打孩儿”的家什，就是一堆石块。男孩们分成两组，在地上画一条线，然后站在同一位置分别把手里的石块扔出去，谁的石块离那条线最近，谁就成为“头家”，可以第一个出手。胜利者脸上挂着得意的笑，弯腰，瞄准，依旧用手中那块“宝石”，向伙伴们竖在地上的石块一一瞄准。手中的石块，彼时已不再是一个小小的石块，而是一枚精良的武器。地上的石块俨然成为一个个敌人，因此孩子们脸上的笑会一晃而过，很快换上严肃的神情。

咄咄逼人的眼神下，“啪！啪！啪！”手起石落。不幸被打中的，石块的主人便成为战败的俘虏，乖乖出来跪在地上，接受“处置”。游戏继续进行，直到后面同组的伙伴有了机会反攻并勇猛地砸中对手，才可以把跪着的“俘虏”救起。

“辟棒儿”也是同理，每人将手里光滑油亮的十几根高粱秆棒棒集中放入地上画好的一个圈中，小山般堆积起来。还是“打孩儿”的方法，先胜的“头家”站出来，还是手中那块“宝石”，瞅准位置“啪”地击向棒棒堆。那一刻，一堆棒棒便是一伙企图进攻的敌人，只是它们想不到，一颗炸弹正精准地投来。

“轰”的一声，炸弹准确落入瞄准位置，被炸中的“尸体”纷纷飞出圈外。

一个流程结束后，圈外的棒棒们就归了胜利者。输掉的人，就又要“吭哧吭哧”地跑去地头，或钻进父亲挑回的高粱秆中，一根根磨新的武器，再等下一场战争。

这些“战士”用的武器，最值钱的是真的钱，这是或软缠硬磨，或偷偷摸摸，从娘手里弄出的几枚

“小钱儿”，就是中间带一口小方孔的铜钱。男孩们用铜钱玩的游戏，叫“溜小钱儿”。“溜小钱儿”的头家是这样产生的：一块长长的光滑的石头，斜斜地躺在一处，然后一个一个，男孩们依次将手中的“小钱儿”顺着石头“溜”下去，谁的最远，谁就成为“头家”。之后其余人将各自的“小钱儿”布在锁定范围内的不同位置。一切就绪后，头家就出手了，刚刚获胜的那枚“小钱儿”就成为一枚“子弹”，自己的手便变成一支枪。举起，瞄准，射击。精准砸中的，那枚“小钱儿”便归自己。然而如果技术不精湛，又恰好落入“敌人”的“射程”内，那么对不起了，这枚失败的“子弹”便要成为对方的战利品。

一场场“战争”之后，有人欢喜有人忧。欢喜者更勇猛，忧愁者更想“复仇”。一场又一场，便连绵不断，在穷困而宁静的山村热烈地上演。

相关的游戏，还有打麻雀。赵俊文年少时居住的院中有一棵楸树。一到晚上，麻雀便飞回树上，叽叽喳喳互相倾诉着一天的收获，吃了谁家几颗小米，偷了谁家几粒谷子。它们不知道，树下一双眼睛早已盯了它们许久。

一道优美的弧线，一声沉闷的响动之后，一只麻雀“中弹”落地。

四周瞬间归于寂静。

受访人：王宗仁，陕西扶风人，作家，1939 年出生，1949 年 10 岁。

被兵伤害过，对枯井里的兵好奇过，被递来草帽的兵吓跑过……一支一支队伍，一个一个兵，交替叠加在王宗仁10岁的记忆里。

出门进门都是兵

饭后一声吆喝，一个10岁男孩便放下碗筷，熟练地牵牛，套车；或者爬上马车，坐在一堆西瓜里，牵一根麻绳指引着拉车的小毛驴走向一个个目的地。

这是陕西扶风县太白乡长命寺村10岁男孩王宗仁在1949年的日常生活。小小年龄，他却俨然已经是一个帮工的好把式。前面的大人，或者是父亲，或者是叔叔。

这其中最拿手也是他最喜欢的，是学着大人，

“得儿——驾驾——”地赶着马车，跟着叔叔走村串户，售卖刚刚摘下来的西瓜。崎岖的山路上，叔叔安然坐在车后，有时路途不好走他就下来跟着走，任年幼的侄儿熟练地驾车前行。到达目的地后，村民闻讯赶来，东敲敲，西摸摸。叔叔将西瓜一个一个过秤。此刻车上的侄儿便站立车头，开心地看着满满一车西瓜被一个个村民抱走。

彼时的王宗仁不知道，平静村庄的背后，有暗流涌动。那时候，解放大西北战役——扶眉战役正全面展开。村前那条只能走木轮马车的土路上，几乎每天都有队伍经过。村里人总是分不清哪一支是国民党的队伍，哪一支是解放军，便统统把穿军装背枪的人叫“队伍”。那时候，队伍多是晚上出来，偶尔白天也过。天亮的时候，乡亲们会发现有一些兵还骑着马，便窃窃私语：那就是军官吧？

无论哪支队伍，村民都有一种畏惧感，孩子们更是。然而，进门出门，偏偏就要一次次遇到。

一次，双方队伍竟在村民家门口交上火，有村民便不幸成了陪葬品。于是一时间，大人逃，孩子跑。王宗仁和几个伙伴，也结伴跑向村外，想把那呛人的弹药味甩在身后。跑着跑着，听到后面有脚步声。一扭头，是两名带枪的兵，于是几个孩子跑得更猛。

跑了一截后，两名士兵不追了。后来知道那是解放军战士。孩子们继续跑，一路跑到一处乱葬坟。本以为逃到安全地带可以深深呼吸一口新鲜空气时，却突然发现一处墓穴中躲着两位伤兵。两位伤兵没穿军装，却带着枪，起身朝王宗仁他们走来。几个比王宗仁大点的孩子一看这阵势，转身唰地跑了，只剩下他自己站在那里。看着伤势并不重的两个兵提着刺刀走来，王宗仁吓得哭起来。然而一个痛哭的孩子并未让两人心生怜悯，其中一个反而将刺刀尖举起来，抵住王宗仁的下巴。

一阵麻麻的痛感。他下意识用手摸，看到血……

王宗仁说当时并没有觉得多疼，就是觉得有热乎乎的东西涌出来。血把王宗仁吓坏了，他想到村里在刺刀下死去的人，觉得自己的小命就要丢在这个坟地了。

好在，刺刀并没有在他身上继续游走。王宗仁连惊带吓跑开了。

之后不久的一天，他最要好的伙伴王治治神秘地在院中喊他："宗礼（王宗仁的小名），快出来！"王宗仁出门，很快被王治治拉到一边："告诉你一件事儿，园子中的井里有一个人！"

什么？那口枯井里有一个人？王宗仁知道，王治治说的园子，是村里废弃的一个院子，无人居住。那口枯井，就在那个园子里。王治治拉起王宗仁，跑到那个园子外。王治治又趴在王宗仁耳边悄悄说："六叔每天来两次，带着饭。"

他们口里的"六叔"是村里的外姓人吴华。"六叔"当年从外地乞讨而来，被村里人收留。日本人走

后他分了地主家的一个院子住下来，就在荒弃的园子旁边。此后王宗仁跟王治治几次发现吴华带着饭进入园子。这事，很快被村里的人们知道了，也很快传出井里藏着一个国民党兵的消息。

害人不浅的国民党？这个消息让村人意外又震惊，于是一群青年人吵着要把此人砸死在井里。关键时刻，吴华站出来。他告诉村人，此人确实是国民党兵，河南人，但当初是被国民党强行抓进队伍里的。他本人并不想跟着国民党打仗，前几日负了伤，路过长命寺时，就想法躲了起来。后来遇到吴华，悄悄把这些情况告诉他，恳求得到他的帮助。

在吴华的坚持和保证下，国民党兵得到保护。王治治此后曾想拉王宗仁近前看看，他却死活不肯。不知道为什么，一听到国民党伤兵，他就想到在乱葬坟遇到的那两个带刀伤兵。

那次之后，王宗仁的下巴缺了一块肉。

王宗仁不记得此后枯井里的河南人是怎么离开

的，记住的只有国民党伤兵，以及外乡人“六叔”的善良。

一支支队伍，就这样来来往往，打扰着长命寺村的宁静。此后，更有一支路过的队伍在村里住了下来。

这让村里的百姓极其不安。尽管那些兵笑脸面对百姓，做着绝不骚扰的保证，人们还是不信。每一户只留下不便出行的老人，壮年人带着老婆孩子统统跑进山里躲起来。王宗仁自然也跟着父母跑出来，跑进一片麦田。那时候，小麦已经长到半人多高，也成了百姓的天然保护伞。没想到的是，那个晚上突然降下雨。

人们无法在雨中度过一个晚上。但大人们都不敢回村，考虑了半天，父亲决定打发小宗仁回去取草帽。他知道，不管是哪一路兵，总归不会轻易对一个孩子下狠手。于是，王宗仁深一脚浅一脚摸回了家。感谢老天，草帽还好好地挂在墙上。他悄悄地踮起脚尖够到草帽。然而没想到的是，随着草帽离开墙壁，一堆东西哗啦啦掉在地上。

本就很恐惧的小宗仁吓坏了。低头，是一摊破鸡蛋。那样的静夜里，那样的声响可以说是惊天动地。他怕极了，心想母亲什么时候在草帽里藏了这些鸡蛋啊！

外面有了脚步声，一个大个子兵随之走进来。见到兵，王宗仁吓得哭起来。看看脚下的碎鸡蛋，那个兵却安慰他："小朋友不要哭，你不是故意的。"

说完这话，他低头把草帽捡起来，递到泪流满面且浑身发抖的小宗仁手上。然而王宗仁依然不敢抬头细看一眼那张面孔，转身冲出门跑了。

跑着跑着，躲着躲着，队伍终于不再来了。1949年 7 月 14 日，扶眉战役结束，武功、眉县、扶风、岐山等九座县城解放，"西北王"胡宗南在西北 12 年的统治宣告结束。

学校复课了，王宗仁上了长命寺小学。几年后，他在作文课上首先写下最后这一件事。他说，从来没有人告诉他这是哪支队伍，他却在作文里很肯定地写下：他们就是解放军。

受访人：武葳，1938 年出生，退休知识分子，山西武乡人，1949 年 11 岁。

学校，戏台，山坡；纺花，打绳，松鼠……小先生的村庄，风生水起，风情涌动。

村庄里的“小先生”

教室里，一位学生模样的“老师”走来走去，时而低头给一名孩子解答一道题，时而将一名捣乱的孩子按回座位去。

没错，这位“老师”就是这所学校的“小先生”。每当老师有事不在，他便站出来，成了老师。

“小先生”叫武葳，当时11岁，是这个教室里的一名四年级学生。像大多数村庄的学校一样，这里是复式教学，一至四年级都在一间教室上课，一共二十多名学生。

期中或期末考试结束挂榜时，武葳总是年级第一名。书本上的知识对他而言有些简单，总是提前就将下一年度的课程也自学完了。那时候没什么作业更没有补习，因此更多时候，他当起“小先生”，帮助老师带学生。

这是 1949 年山西武乡县上司乡窑头村的小学校，继抗日战争开始后，十年来终于恢复了规范的教学面貌。老师是从外村调来的，同时负责四个年级的语文与算术课。

校门口一截不知从哪里拆来的铁轨安静地待命。“叮——”一声过后就是下课。校园不大，圈不住横冲直撞的孩子，便任由他们跑在外面。大门外来来往往的，是上地下地的村民。这个村庄是个杂姓小村，大多数人是陆续从外村迁过来的。有些是原来的村庄土地少，有些是兄弟间有矛盾，有些是过来放羊而永久留了下来。因此，村里基本都是贫下中农。1947 年

《中国土地法大纲》出台后，村里重新丈量过前一年分完的土地，只进行了微小的调整，真正实现了耕者有其田。

“一派喜气洋洋。”武葳这样形容当初的村庄。家家有了房屋，有了土地，但因没有地主也便没有太多失落，没有不平更没有惨痛。反倒让人们看到未来，有在县长身边工作的村民竟辞职返乡，过起“老婆孩子热炕头”的日子来。尽管，远没有“三十亩地一头牛”那么富足。

荒废学业多年的孩子们又收了心，安心坐在教室听课。村民们好久没有听过琅琅读书声了，于是一旦路过便忍不住站定，听上一阵。老师受到足够的尊重，村里还成立了专门的教育委员会。每当过节，家长就早早要上门相约：“老师，今天中午，到我家！”

“定出去了？那明天啊，实在不行就后天！”

款待老师，为尊重，也为管好自己的孩子。“不听话就打！”这是那时候家长对老师的交代。

好学生，也成了村里的宝贝。村里大小事情，也要让好学生参与。

武葳的记忆里，过年全村团拜是最让人温暖的回忆。就在村中最大的打谷场上，全村男女老少齐聚。待村长激情讲话过后，身着崭新衣服的村民就要互相问好祝福平安。在这之后，一旁的锣鼓唢呐便欢快地响起，大家一起，蜂拥着走进几户军属家庭，送上慰问。

慰问的队伍里，有一位少年，就是武葳。他这名好学生自然会被选出来参加这样荣耀的活动。武葳记不清当年手里提着什么慰问品，总之他光荣地参加了那一活动。

武葳不仅学习好，嗓子也好，口才更好。因此那时候他还是村里文艺团体中重要的一员。几十户人家的窑头村，却有一个声名远扬的剧团。从演员，到乐队，应有尽有。

学校大门外，便是一座古旧的戏台。窑头村这座

戏台分外特别，架在一座拱形门上，处在一道坡上。拱形门用石头垒成，其实是一个过道，也是村里重要的一条下水道，路面全用大小不一的石板铺设，中间低两边高。一到雨季，从村子屋顶下来的雨水便哗哗叫啸着从这里冲下，冲进坡下流过村庄的小河。

小河，很快涨成大河。有人若恰好外出，进村便过不了这条河，要坐在河那边，耐心等雨停，等水一点点落下去。

这没有戏场的戏台，完全不影响唱戏，当然更不影响看戏。看戏的人，就站在水道上，站在校门的台沿上，或者对面一条路上。村里排得最好的戏是《小二黑结婚》及《王贵与李香香》。

崔二爷，二狗，李香香，王贵；小二黑，小芹，三仙姑……一代一代，这些中断多少年的角色又鲜活地出现在台上，迎接着中华人民共和国的成立。角色都由村里的百姓扮演。而“小芹”与“李香香”的扮演者，无疑是村里最美的姑娘，也是最吸引村民眼球的姑娘。而将这些活动办到最高的水平，自然得有一位热心且权威的人。排好的戏不仅在村里唱，每到农闲时节尤其是正月天，整个剧团便要走村串户，一场接一场巡演。

除了这些戏，村里还排别的节目，学校里也有专门的演出队，比如由八个女孩组成的“小花戏”，也会跟着戏团外出巡演。

而“小先生”武葳，是担任大角色的。村里排综合文艺节目时，他总要第一个出场。他记得自己的拿手好戏是说快板，自编自演。只是今天，任凭他如何调动记忆，也想不起当时的表演内容。只记得，每次说完，台下便此起彼伏地喊：再来一个！

窑头村出名的还有武术。男女各有不同的表演套路，主要是打拳，还有花刀等。

那时候的村庄，有刀，有红缨枪，还有炮。夏天雷声响起时，孩子们便忍不住要从教室溜出来，因为接下来，一队民兵便要威武出场。他们架起自制的土炮，朝着一片阴云精准地打上去。

据说这是为了阻止冰雹落下。

多年以后的今天，武葳说不记得当初这招是不是有效，总之那阵势霸气地印在他心底。

那是一段漫山遍野奔跑的日子。不小心就碰到狐狸与野鸡。大清早，总会听谁家女人一声惊叫："该死的，又偷走鸡!"

是骂黄鼠狼。

而石鸡，常常在他们奔跑的山坡上散步。松鼠更是在梨树上窜来窜去。

梨树、苹果树、枣树、杨树、核桃树，武葳放学后或假期里，会在一棵棵树间穿梭。他有时帮家里捡柴火，有时还扒一点树皮回去。院子里，母亲与本家两位婶婶在纺花织布。武葳举过手里的树皮问："这个能不能染出红色?"

婶婶们笑他："染了红色给你穿?"

旁边便响起弟弟妹妹们的笑声。

那时候村里都种棉花，为了织布。棉花变成线，再用树皮染出颜色，更多的颜色，是那种蓝不蓝绿不绿的，之后再织成布，做成衣。

与纺车、织布机的“咔咔嚓嚓”声相呼应的，是一位本家叔叔在打麻绳。可以神奇地制成绳子的植物叫苘麻，成熟后收了种子，一捆一捆扔进村中小河，慢慢沤。苘麻的皮，经过一道道流程处理后便被女人们一根根搓成细绳，做鞋用。还有就是经绳匠的手，打成粗粗的麻绳或麻袋，卖出去。

村里除了绳匠，还有木匠与石匠。一间间房屋有了门窗，屋里有了家具。而用石头打制的石仓，也慢慢储存了粮食。

那一年，每天有一股力量在内心升腾的“小先生”武葳，学得用心，唱得开心，玩得尽兴。

受访人:李淑娇,山西太原人,退休教师,1937 年出生,1949 年 12 岁。

李淑娇骄傲地说，那时候太原县是一只凤凰，头在北，尾在南。

凤凰城内的往事

1949年，12岁的李淑娇是古太原县一名小学生。她所在的太原县，在今天的山西省太原市晋源区。地方志记载，太原县城从明洪武八年（1375年）开始修建，到清顺治五年（1648年）竣工，历时整整273年。

不过到明景泰年间，古城的街巷、行政机构等已经形成，当时的知县刘敏按照城建规划建筑了夯土城墙等附属设施。城为长方形，城墙周围七里，高三丈，城壕深一丈，东南西北各筑城门一道，名字分别为观澜、进贤、望翠、奉宣，城内名为德化。四个城门外还建起具有军事防御功能的瓮城，瓮城上的门额书分别是：东汾聚秀、西兑金汤、桐荫晋阳、古原屏翰。

李淑娇骄傲地说，那时候的太原县城是一只凤凰，头在北，尾在南。确实，北瓮城的城门向东，像“丹凤朝阳”，再加上瓮城内门洞口两侧各有一眼水井，活脱脱像一双眼睛；南瓮城门朝南，而且门正对着关外高耸入云的宝华阁，像是高高翘起的凤凰尾羽；而东瓮城门及西瓮城门都向南开，又恰似凤凰展开两只翅膀向北飞翔。古城中央十字街高高隆起，天然形成“凤凰腹”。因此，古太原县被称为“凤凰城”。

这样一座凤凰城，李淑娇少年时却不觉一丝美丽，更无兴趣欣赏其展翅之势。

李淑娇的童年，在抗战中度过，天空时时出现飞机，却不是今天那样平常路过，飞机内也不是南来北往的客人。那些飞机飞临，是来轰炸的，炸人，也炸城。

一听到空中的声音，人们就迅速躲进防空洞里。钻在洞里是安全的，一家人一进洞就为一位本家当兵的哥哥祈祷，希望他不会发生意外。李淑娇还为这座城祈祷，因为她觉得既然是凤凰，就会疼痛。

那时候，这座凤凰城内有一座大大的粮库，自然装着满满的粮食。一次李淑娇跟着父亲准备去地里，没想到刚出城门，“呀，看到飞机从头顶飞过来了。”她说没看到扔炸弹，却很快看到城内冒起滚滚浓烟。

愣神的当儿，有跑过的人冲着她与父亲大喊：“还在这里干什么？快回家看看吧。”

李淑娇说回去才知道，装满粮食的粮库被炸了。因她的家离粮库不远，所以后墙也被震塌了。

纵使是凤凰，也无法展翅飞离。美丽的凤凰，在无声哭泣吧？

李淑娇觉得父亲会重新垒好倒掉的后墙，可谁来治疗凤凰的伤？

这样混乱的环境，持续到解放战争。孩子们当然无法安心上学。李淑娇当时是班上年龄最小的一个，她说还有一些年龄大的男孩，因为不想去阎锡山部队当兵，就躲在学校上学。

课堂能安心上课时，孩子们的心才会跟着静下来，大声跟着老师读："天亮了！"

三个字，一只雄赳赳的大公鸡的图画，就是当时一年级语文第一课的内容。

一节课，很简单。次日起床，孩子们会按照老师教授的在心里默念：天亮了。之后到学校开始第二课：弟弟妹妹快起来。

第三课是：太阳升起来了。

之后的早晨，哪个孩子先被母亲一双手推醒，睡眼惺忪坐起再推身边的孩子，口里还念：弟弟妹妹快起来，太阳升起来了。

依次醒来的孩子们边手忙脚乱地穿衣服，下地，边嬉笑，打闹。

然而一出门，总要习惯性抬头看看天：会不会有飞机飞来？

不安宁的日子里，李淑娇每天也要按时完成作业。晚上，她点起小油灯，趴在炕头。母亲做针线，她做题。

思考时偶尔看一眼母亲，会遇到母亲正看她。两双眼睛对视一笑，是解放前李淑娇记忆里最暖的事。

天天认真完成作业的李淑娇，解放后以全年级第一名的成绩考入山西国民师范学校，成为那个年代女孩子中的佼佼者。

课间与课余，女孩子们的游戏是跳方格、跳绳、踢毽子，还有就是谁的口袋里装一个特别的宝贝，课后争抢着“吊拐拐”。

“拐拐”，是用羊或者是猪的后腿关节之间一段，大约三五厘米长，经过蒸煮、去油、上色制成的玩具。“拐拐”有四个面，四支为一副。那么艰苦的环境中，一副“拐拐”绝对是女孩子们心中的宝贵财富。

拥有一副“拐拐”的女孩子，如同心里拥有了一大片明媚的天空。“吊拐拐”时，她们会仰望天空，也暂时会忘记会不会有飞机飞临。

李淑娇不记得曾交过学费，应该是交了些粮食。战乱年代，大多数家庭连生存都难维持，上学的孩子极少。李淑娇家境算好的，她的父亲在太谷一家药店当伙计，后来又调到太原市的店里当掌柜。她有两个哥哥，一个姐姐，只有姐姐没上学。

尽管这样，家里还是穷。小时候吃的高粱面多，还有很多时候把榆树皮磨成面吃。

李淑娇的记忆里也有零食，却是别人家的。她的大伯是货郎，家中有一个男孩与她同岁。大伯一副挑担犹如百宝箱，总是要什么有什么，自然包括一些好吃的食物，不像父亲的药店，只有药。货郎家的孩子，自然有别家孩子不一样的优势，比如每天晚上他父亲回来时，总会把卖剩的一些零食拿出来。少年爱炫耀，总要跑出来当着李淑娇的面，一点点吃得津津有味，全然不顾眼前这个同龄小姑娘馋得一串串唾沫往肚里咽。

多年以后母亲跟她讲，这一情景常常被奶奶看到。老人家不忍，便叮嘱挑货郎的儿子：以后给二妮(李淑娇的小名）也吃点，瞧她那可怜巴巴样。

大多数时候，食物是一碗稀饭。有时候，里面会撒一把干炒面。李淑娇说那时候自己面黄肌瘦。她的老师或许懂点医术，还让她回家让大人摸摸肚子看是不是有问题。可她学习成绩好，同学们就说她有“一肚子小块块”。

吃不饱肚子的岁月，穿衣更是其次。李淑娇记忆里的衣服没有颜色，没有款式。就连头发，也是最省事最简单的齐耳短发。大多数时候是母亲来剪头发。女孩子们东家进西家出，看多了，便会跃跃欲试。课间，掏出书包里悄悄装着的一把剪刀，煞有介事地做起理发师。

看着容易做着难。李淑娇说有一天她正精心剪着一头秀发，突然手下就传来惨叫。原来，是将同学的耳朵剪破了。

凤凰城解放前，她们玩耍的心、臭美的心之外，头等大事还是要关注天空，还是盼凤凰不再遭受疼痛。上下学路上，她们会像大人一样关注城里显要位置贴的传单，看看哪个城市又解放了，想想身处的这座城什么时候可以有解放的传单贴满凤凰之身。

1948 年 7 月 21 日，这座被阎锡山军队占领的县城终于沸腾了。这个时间与李淑娇的记忆是吻合的，她记得是夏天，“当时解放军是从地道里打进来的”。

她听大人说，那天阎锡山的部队还在开会，没想到解放军已经打进来了。

她记忆里还有一个片段，就是看到街上枪毙人。

“汉奸？”

“不是，好像是当兵的犯了错。”

大多数解放军，都成了百姓心中的英雄，包括他们一家为之祈祷过的本家哥哥，也平安回来了。但也有难过的事，比如她的一个邻居，当兵的儿子就在之前的临汾解放战争中牺牲了。眼看着解放了，儿子却牺牲了，母亲如何接受？于是女儿便瞒着母亲。后来政府给他们家大门上挂了一个“烈属”的牌子。母亲出门，看到别家的“军属”牌子，就问为什么牌牌不同？

女儿便骗她：咱家是当官的。

“哦，当官的。”邻居妈妈有些骄傲有些欣慰地一笑，那笑容至今印在李淑娇脑中。

她最开心的，还是凤凰的伤口终于可以愈合了。孩子们欢呼雀跃，在学校组织下排练了好多节目，扭秧歌，打霸王鞭，欢天喜地地表达着她们压抑不住的喜悦之情，表达着对凤凰终于可以展翅的庆祝。

她们还在学校的组织下，步行走过一条条狼藉的街区，走出凤凰城，去近 20 公里之外的洞儿沟村慰问受伤的解放军战士。那时候的路，可谓翻山越岭。那时候的眼前景物，是一片一片废墟。可李淑娇心里知道，就如家里那堵被震塌的后墙一样，很快会重新站起来。

她们大声笑。

她觉得，凤凰可以听到这笑声。

受访人：曹梅章，河北涞水人，退休知识分子，1937年出生，1949年12岁。

那一年，曹梅章的眼里满是灰色。可是，有一抹红，一汪蓝，却存在她的记忆里永远洗不掉。

红棉袄，蓝蝴蝶

1949 年，河北涞水县一个小山村里，一名 12 岁的少女背上，是一名 4 岁的男孩。

前一年，涞水全县解放。这个离县城 100 多公里的山村步入恢复期的宁静。

少女叫曹梅章，背上是她的大弟弟。

曹梅章记事起就跟着大人逃难，一直到 8 岁。因此能在村里背着弟弟随意跑，不怕有人追赶，于她而言也极开心。日子恢复到平静、平常、平凡中。劳动正常了，学校复课了。

适龄的孩子，都该进学校了。可是，当地重男轻女思想严重，觉得女孩子终究要嫁人过日子，读书无用。曹梅章的母亲也不例外，让她这个大女儿在家照顾弟弟妹妹，学着缝缝补补。但老师负责任，几次上门劝说。

有一天老师走后，母亲把写满一脸渴求的曹梅章叫到身边问："不让你读书，怕是以后要怨我的吧？"

曹梅章低头，不语。母亲却清晰地看到她眼中带着倔强的恳求，沉默一阵说："就上半天吧。"

难以置信的曹梅章瞬间消散了一脸阴郁，蹦起来：半天就半天！

满心的希望与兴奋，装进母亲拼接起的一个书包里，她背起来跳着出门。

上午，坐在教室里上课；下午就按母亲说的回来，背着弟弟与不能上学或同样上半天课的孩子们满村跑，间或玩些"老鹰叼小鸡"或"丢手绢"的游戏。

那时候母亲才三十出头，奶奶也年壮，家里其实没什么事让曹梅章做。可母亲只让去半天学校，就不能反抗，她也知足地不反抗。

曹梅章喜欢念书，说不上理由。记忆中的小学课程，有语文、算术，到三四年级开始打算盘，还写毛笔字。一张毛纸，上面小心地打上格子，印着老师写的几个字临摹，由易到难。她清晰记得用过的一个砚台，破极了，研墨的姿势也没有多美，但心情会随着研出的墨汁跳跃。

算盘是父亲跑了好几家借来的，还缺一串珠子。“那时候 16 两的秤。比如一斤水果 8 角 5 分，问一两多少钱？算盘珠子扒拉一阵，结果就出来了。”曹梅章至今说来还很骄傲。

村里一至四年级的学生，都在一个大教室里。她说教室是地主家的房子，很大。老师住里间，外面上课。老师是外面请来的，姓刘，一般的个头，一般的长相。当年大约三十多岁吧。不知道有没有成家，反正一个人在村里教书，学生们要轮流给老师生火做饭。

笨手笨脚的稚嫩孩子们，做不了什么好饭，也没什么好饭可做，大多数时候是玉米糊糊。冬天，除了老师住的里间，教室中间再加一个不知道从哪弄来的大铁桶，将捡来的柴火一根根放进去。一双双眼睛盯着火焰在桶内升腾，看热气慢慢在室内弥漫。心暖了，身子便暖了。

上课用的桌椅板凳，也是动员老百姓捐的。长的长，短的短，高的高，矮的矮，高高低低，起起伏伏，音符般随着孩子们的欲望与意念律动着。

校门口，一段旧铁轨长长地悬挂在空中。每天的不同时刻，老师会拿起旁边一块石头，让上下课的钟声“叮叮当当”准时响起。刚上学的孩子，总会虔诚地站在那段铁条下，听它与石头碰撞出悠扬的“钟声”，一声声升上天空，再扩散到全村。村里的妇女们，也要跟着这钟声，早晨抓出被窝里的孩子，午间再捞出一碗碗面条，塞给恰好进门的孩子那一张张喊饿的小嘴。

上课钟声停止，教室会安静一阵，随后声音便齐刷刷婉转响起：“工人做工，农民种地——”

像读，也像唱。

或者，“姐姐挑水，妹妹洗衣”。读到这句，班上的姐姐与妹妹，总会笑着对视一眼。姐姐有时指使妹妹挑水时，妹妹便高声念出这一句，有力抗议。

课堂秩序有时不好，同室教学也会互相影响。说起成绩，曹梅章笑说不会好啊，因为没基础，而且常常误课。本来每天只去半天，再加上家里谁生病了，母亲生孩子了，都要随时唤她回来。尽管这样，曹梅章还是想天天坐在教室。

把心里话说给母亲听呗！

不敢。

为啥？

怕骂。

离校时间最长的一次，是母亲生三弟，曹梅章伺候母亲坐月子。今天问起，她说当时没有特别不高

兴，觉得谁家都是这样，就老老实实在家给母亲做饭，给弟弟洗尿布。但洗着做着，曹梅章就坚持不住了。不是累，而是眼看满月已经过了，母亲还没有让她回学校的意思。

心里那个急呀。一天，两天，终于，曹梅章无法再忍，在一个早晨鼓起勇气背起书包，溜出门。

一上午，自然无比忐忑。当她中午提心吊胆回家，准备挨训时，母亲却什么也没说。今天说起，她说母亲当时在村里算开明的，与她同龄的几个本家女孩，就一天书都没有读过。

背着弟弟妹妹的无聊日子里，也有高兴的事，比如等在村口看一队一队的解放军路过。解放军的模样，也没什么特别的，就是整齐，就是有一种说不出的威严与神秘。战士们有步行的，有骑毛驴的，也有躺在担架上的。

“衣服都破破的，看上去很可怜。”

所以，一有战士路过的消息传来，村人便早早烧好水，提着吃的，迎在路边。有时解放军要住一夜，百姓就把家里的房子腾出来，一家人挤在里间，外间大炕留给十几名战士。

曹梅章会悄悄掀起门帘，瞅他们的睡姿有啥不一样。结果总是失望，除了像走路一样整齐排列，也像下地劳作的父亲一样，身一沾炕就鼾声四起。

“饭是战士们自己做，常常是天还不亮就吹号，精神满满集合走了。”

有时候，战士们不止住一夜，村民就想方设法给他们表演节目。学生们自然不能示弱，精心排练出霸王鞭，欢喜地表演给解放军叔叔看。

一队一队的解放军，终于解放了曹梅章的家乡。家里又多分了三亩地，粮食够吃了，终于结束了抗战以来一天只吃两顿饭的日子。

只是，家里那扇门又沿用了多年。因之前被日本人当柴用烧掉一扇，与之后寻来的一扇极不配套。

“中间一直裂着一条大缝。”曹梅章说。

日子像火上的小米稀饭，要慢慢地才能熬出温度。百废待兴的灰色记忆里，一件红艳艳的小棉袄，是她 1949 年的记忆里最夺目的颜色。

五星红旗的红？她说是，但当时不知道，因为中华人民共和国成立时，她并不知道，消息是后来从电影里看到的。

配那件大红棉袄的，是一条嫩绿色的裤子。红色，绿色，都是家织白粗布用植物染的色。

“可是，真好看呀！”她今天说起还掩饰不住开心。可是，大红棉袄只有一件，天一冷就要穿上，过年还要正式当新衣穿。

怎么办？母亲便在外面缝了一层旧布罩。

“就像被罩吧。”我与她几乎同时想到这个比喻。

“对，就是罩了一层，怕脏。”

怕脏的一层罩子，又旧又暗，不仅罩住了那抹夺目的红，还罩住了曹梅章的一颗欢喜心。然而，该来的日子，总会到来。

“终于盼到过年了，缝上去的旧布罩被母亲小心拆下，洗过。”

那一抹被封存了一个冬天的红，绚丽地迫不及待地跳出来，出现在全村人面前，刻进曹梅章心里。

12岁的少女曹梅章，红艳艳地度过中华人民共和国成立后的第一个新年。

再灰色的年代，也总会有跃动的色泽跳进女孩子心里，比如她脑中还烙着一汪蓝：坐在阳光下，照着奶奶的样子把粗白布用麻绳挽出一个一个结，放进滚烫的深蓝色水里煮。

太阳在头顶慢慢移过，她跟着奶奶耐心等待。时间一到，奶奶把一大块带结的粗布挑出来，晾过，再小心解开。

咦？呀！一个一个蓝色蝴蝶，就扑在这一块白布上，展翅欲飞。

红棉袄，蓝蝴蝶，一直印在曹梅章心里，再也洗不掉。

受访人：郭文栋，河南洛阳人，退休医生，1937年出生，1949年12岁。

频频出现的宝物；林立的商铺；两层楼的学校；关帝庙与火神庙的对望，信徒与戏台的对垒……叠加在1949年“金銮殿”上的金村里。

金村图景

“我家是金村啊。金村，你不知道吗？”郭文栋自豪而带着讶异开了口。

一个了不起的村庄，慢慢呈现。金村在当时的河南洛阳县，位于洛阳平乐东，邙山陵墓群中东部，是汉魏故城宫城的核心地段。早在公元25年，东汉光武帝刘秀就在这里定都，其后曹魏、西晋、北魏均以此为都，是真正住在“金銮殿”上的村庄。据说，金村的村名与金墉城有关。金墉城遗址在金村西北方向汉魏故城的西北角。公元 220 年，曹丕在东汉洛阳城基础上重新修建金墉城，此后历经曹魏、西晋、北魏、隋、唐等朝代。曹魏、西晋时这里一直是帝后游乐的别宫。北魏孝文帝当初在洛阳城未建成时，就住在城中。隋末，瓦岗军李密兵控河洛，将金墉城作为行营驻地。从魏晋到唐初 300 多年间，金墉城一直是洛阳县治所在地。直到贞观六年（632 年）洛阳移至东都毓德坟后，金墉城繁华落尽，从此归于寂静。

到了明代初期，山西洪洞移民大量涌入，在废弃 700 多年后的金墉城东南不远处挖出窑洞聚居。弘治年间又建起龙王庙，很快形成了远近闻名的集镇，取村名为金村镇，1949 年后改称金村。

1949 年上小学四年级、12 岁的郭文栋并不知道村里早年的辉煌，只说村子是个大村，有好几条街道，各种店铺林立。村里人一边种地，一边经商，当然也有外来者，商品应有尽有。孩子们放学后捏着口袋里的毛币，东逛逛西逛逛才肯回家。村里当时建有一所完全小学，每天杂沓而来的，有许多是周围村里的孩子们。两层楼的校舍矗立在村中，也严格择选着进入的老师们。

金村的大学校，教学规范且有阵势。一进学校大门，一堵墙上是一幅巨大的孙中山画像。每天早晨第一件事，就是各年级学生整齐列队，站满一校园，朗声跟着领读老师齐念："余致力国民革命，凡四十年，其目的在求中国之自由平等。积四十年之经验，深知欲达到此目的，必须唤起民众，及联合世界上以平等待我之民族，共同奋斗……"

小小的郭文栋，每一天都会在内心深深埋下一颗种子，那就是要学习，要努力，要奋斗，为了有一天能自由平等。

1949 年 1 月 16 日，洛阳市与洛阳县合并，之后金村便属于河南孟津县平乐镇。今天，金村依然是一个拥有 32 个村民小组、1280 户、总人口 5197 人的大村。

金村离洛阳白马寺很近。有多近？郭文栋说他们村种的地延伸到白马寺。抗战时，日本有部队就住在白马寺附近，经常进村来要粮食抢东西。日本人走后，国民党部队进驻金村，因为住在村里，因此并不迫害本村村民，常常到周边的村子抢了粮食与鸡、猪等，回来享用。

金村似乎从来都处于热闹中。他记得，第四野战军离开东北一路南下作战时，路经金村，并在村里停留了一段时间。他还记得当时解放洛阳时，金村就是解放军的后方，整天响着激烈的枪炮声。

那时候郭文栋这些孩子还会常常与得到消息的伙伴们跑到哪个地头，看人们从地下挖出奇奇怪怪的东西。

“可有好的呢，比如玉。”当时什么都不懂的郭文栋，现在回味却连连慨叹，“最不好的就是像桌子那么大的陶器，上面都有很漂亮的图案。”这些“不值钱”的东西，当时常常被村里的百姓顺手捡回来，放

在院子里装杂物。

他当时不知道，在他出生的 10 年前，村里发现了东周王陵 8 座古墓。但发现者不是考古学家，是盗墓者，而且是国外的盗墓者，领头的是加拿大传教士怀履光与美国人华尔纳。据说，当年这些人荷枪守卫，搭棚立灶，用 6 年时间掘开邙山陵墓群中的 8 座大墓，挖出大量精美的青铜器、玉器等文物数千件。当然，这些宝贝大部分被运往国外，流散在十多个国家。仅在日本人梅原末治根据资料编成的《洛阳金村古墓聚英》一书中，就记录了当时挖出的精品文物 238 件。

毕竟是 6 个朝代 41 个帝王在此建都、历时 541 年的地方，金村不仅地面遗迹多，地下文物似乎也取之不尽。动乱的岁月，文物自然流逝无数。

这样不凡俗的村庄，即便是在战争年代，也不会是沉寂无声的。他不记得村里有龙王庙，只记得村中东西两头两座庙分别是关帝庙和火神庙。火神庙全称敕建火德真君庙，主要供奉南方火德真君。郭文栋今天也说不清当时村里为什么有火神庙。总之抗战结束临近解放时，两座庙在沉寂几年后又恢复了从前的风光与热闹。每年春节后，两家便展开对垒。各自的信徒们从各村汇集而来，鼓乐队、舞狮队等多种演出队穿行在熙熙攘攘的人流中。两座戏台早已搭建而起，两个戏班子也站在戏台上遥相角力，你一出，我一折，精彩竞相呈现在百姓眼中。

就在那个时候，他知道了戏台上有一个角儿，叫常香玉。

当然，孩子们的兴趣不在戏上。他们用板凳早早占据戏场中央的位置，也是受大人委托占个好位子。孩子们总是看上个开头，屁股就坐不住了。被大人按下来，就忍一阵，熬到武生出来热闹地翻一串跟头后，响亮地拍到巴掌疼。待戏中人稳坐椅中开始漫长的唱腔后他们就再也坐不住，左右几个眼神递来递去，一伙孩子便起身，东一趟西一圈转悠起来。他们兜里的毛币若比平时多出几张，瞬间便换成满满的零食，边吃边兴奋地穿行在村中，往返于两座戏台之间。

有一天，逛着的孩子们听到一个消息：中华人民共和国成立了。

于他们而言，这是一个陌生也不懂的新词。然而此后一个早晨，他们像往日一样背着书包走进学校大门时，却被面前的景象惊吓了一下，起初以为走错了地方。原来，墙上存在了多年的孙中山像，变了。

“这就是毛主席！”老师响亮地告诉他们。

东方红，太阳升，中国出了个毛泽东

他为人民谋幸福，呼儿嗨哟，他是人民大救星

…………

孩子们明白了，眼前这个人，就是歌曲里唱的大救星，就是他们听说过无数次的毛主席。

“毛主席万岁！”有孩子忍不住学着大人喊出声，随之好多孩子跟着喊出声。这个早晨，学校的一切发生了大变化。一支乐队出现在校园，奏响一支激昂而澎湃的乐曲；眼前新出现了高高的旗杆，队伍里走出让他们感到新鲜的升旗手。孩子们第一次看到，立正，正步走。之后一只手高高扬起，一面鲜艳的五星红旗，随之飘扬在校园上空，也飘扬在金村上空。

升国旗，成了那天之后，金村小学学生们每天一早必做的大事。

“国旗是新的，天空也是新的。”郭文栋忘不了，每天升旗之后，他总要长久盯一阵飘着国旗的天空。

受访人：乔振华，山西洪洞人，退休医生，1937年出生，1949年12岁。

进山，上山，处在高处山中几乎与世隔绝的小村庄，有一个少年日日清晨走在挑水的山路上。没有正经老师，没有正经学校，多年以后他却走出了这座大山，成为一名大学生。

“深山里的父亲把我送进大学”

一个几乎与世隔绝的村庄，隐藏在山西洪洞县一座大山里。进山，还得走二十里路才能到村庄，全村只有七八户人家。

乔振华就出生在这个叫东疙瘩村的小村庄里，在蒲县与临汾交界处。他说最初应该是外地人逃荒去的，包括从河南过来的。因为一个几户人家的村子竟然有四个姓，而且地虽然不算少，每人平均五亩，土质却很差，而且村里没水。

与东疙瘩村紧挨着的是后东疙瘩村，两个村庄加起来也才十几户人家。进山难，出山也难。生活在这里的人们，没有特别的事，也就没有了出去的想法，日日过着面朝黄土背朝天的生活。

即便再小，也总归是一个村子，因此还是给村里配了学校。乔振华笑："说是学校，其实就是今天这个空房子里待几天，明天房子被占后又挪地方。"有一段时间一间官窑空着，那是公家的，成了做学校时间最长的一个地方。

这样的学校，当然没有名字。学校就是教室，教室也是学校。破到不能提的桌凳，也是东挪西借来的。村子本来就小，家里让上学且想上学的适龄孩子就少之又少，于是一直与后东疙瘩村合并教学。然而即便是两个小村合起来，上课的学生也才十来个。

上课的地方，也是哪个村有空闲的房子就到哪个村。

偌大的山里，村里人住的房子却实在有限。这样一个深藏且极难进入的村庄，几年前日本人竟然也进来过，还放火烧了乔振华他们家的房子，连同房子里的木材、存放的棺材及粮食。他们是听到日本人离开后从藏身的煤窑里回来的，一进村口迎接他们的却是浓烈燃烧的烟味。

本就贫困的家就这样成了灰烬。村民们只能怀着一腔仇怨重找住处，有的就几家合住在一起将就。

这样的村庄，注定请不来好老师。乔振华记得给他们做老师的门槛很低，只要念过几年书就可以。尽管这样，老师还是特别难找。好不容易请来一个，常常工作一段时间就找借口离开了。停好久，终于再换来一个，却往往过一段时间又坚持不下来离开。老师们来了都是应付，所以更不会去谁家动员让适龄孩子进学校。

乔振华这些孩子们的课程，时断时续。这种状况，村里大多数大人与孩子倒很习惯。那样一个连基本吃住都解决不了的深山，学习只是非常次要的事。然而乔振华家不同，他的父亲还是很看重上学识字的。只是当地重男轻女思想严重，乔振华的姐姐就从来没有进过学校，而他这个家里的第一个男孩，从小就被父亲告诉要念书，要识字。父亲小时候读过几年书，认得一些字，所以知道识字的重要。

可是环境不允许。那时候的乔振华每天一早第一件事，就是到很远的地方挑水。老师不在的时间里，他就帮父亲下地，干活。

“啥都会干。”乔振华说。村里的大部分孩子，都早早帮家里出力流汗了。大多数人家也认为，这才是正事。

“下午去学校吧，老师来了。”常常，汗流浃背地挑着粪或种子的父亲，向地头正劳动的儿子甩下这一句。无论多忙的季节，父亲都是让儿子赶紧回去，到学校去。

多年以后，乔振华想来仍会一次次感动。“老师

来了！”也是他那时候最爱听到的一句话。他从内心感谢自己的父亲。那时候孩子多，家里地里都忙。如果父亲像别人家的父亲一样不让他上学，他也得接受。可是，父亲却要把最顶事的大儿子送去学校。

不仅如此，父亲常常会跟儿子一起遗憾，在老师又离开的时候。乔振华说老师即便在上课，也没有正式的课本。刚刚解放的时候，他们这个偏僻的大山属于断层期，旧课本不用了，新课本还没有，所以经常是老师想讲什么就讲什么。课程也只有国语与算术两门。

国语课，就是认几个字，学几句话。算术课是学打算盘。老师用一根石笔，在书本大小的石板上写下一个个汉字，或者一个个数字。有时候，老师会拿出手抄本，那上面除了以前的《三字经》《百家姓》外，会增加一些从外面听来的新内容。

父亲虽是大山深处的普通农民，但他深知这样的教学儿子学不到多少东西。于是，他会尽一切所能，将自己曾经认过的字从脑子里翻出来，又把偶然从哪里得到的一些有字的纸片拿回家教儿子认。还让儿子好好背加减法口诀表，以便熟练打算盘。父亲从来没有给儿子的将来设定过目标，因为这个很少走出大山的农民并不知道山外的世界多么辽阔。他只是告诉儿子，不识字就得一辈子下地劳动；只是老老实实告诉儿子："这些东西得学会，以后都能用。"

这样的学习环境，当然不会有作业。这样的条件，大部分孩子更加不想学习。沉默的大山里，孩子们跟着大人日复一日在地头劳作，这常常让乔振华想到父亲的话，因此他从未放弃过想念书的愿望。没有老师的日子，他有时跟着父亲，有时自己一个人，一遍遍去写老师教过的字，拨拉拨拉父亲那把旧算盘。有时候，劳动归来的父亲会给儿子抛出几道题，让儿子写，让儿子算。

即使是很不规范的学校，也会考试。尽管试卷出题也不规范，乔振华却总会认真作答。只要是老师教过的，他都能顺利答出来。因此受老师表扬，是他当时想念书的最大动力。他多想，不要中断，一直坐在教室里，一本书一本书读下去啊。

乔振华也想过，将来他识字多了，就站在这个讲台上教书，把学生教得好好的，绝不甩手走。还要给学生们去买新课本，以及作业本。

终于磕磕绊绊地读完四年小学，乔振华带着这个愿望，在父亲的陪同下走下山，到50里地之外的万安高小参加考试。分数出来后，老师告诉他：可以上。

那一刻，他的父亲惊喜地拍了他一巴掌。乔振华记得，他的分数是同去的三名同学中最高的。不过他笑着说当时分数线真不高，否则就他们村那种教学水平，一定考不上。

在万安高小，乔振华才第一次看到课本，第一次坐进标准的教室。多年后，他没有实现站上讲台的梦想，却成为那座大山中唯一一名医学专业大学生。当时在整个乡里，他也是唯一的一个。

送他走的那一天，父亲有泪落下来。

受访人:曲润海,山西五台人,文化学者,1936 年出生,1949 年 13 岁。

1949年的记忆，零散在曲润海的脑海里，比如村口的可怖场景，比如中华人民共和国成立后人们的欢欣鼓舞。然而最忘不掉的，是在太原打工的哥哥翻山越岭，通过层层封锁，乞丐一样地回家了。

太原的哥哥回来了

村口，一个大人，一个孩子，时而木头一样呆立，远望；时而焦急地来回徘徊踱步。偶尔看到一人衣衫褴褛地远远过来，便满怀希望迎上去。一次次失望，然而也总要拉了人家的手，细细追问：“太原回来的吗？可知道龙龙的情况？”

对方大多摇头。

村口的小孩叫曲润海，是阎锡山的同村老乡，村子就是山西五台河边村。他没见过阎锡山，说自日本人来了之后，阎锡山便再也没有回去过。但临近解放的几年，阎锡山的部队隔三岔五回去，却换了风格换了嘴脸。

曲润海见过日本人，但没亲眼见过日本人杀人。然而阎锡山部队杀人，却铭记在他幼小的心灵中。他说那些人回来后，拆房修炮楼，破坏地道，抓人，杀人。除了抓共产党、解放军，还抓各村的村干部及所有疑似进步人士。杀完人，就把人头挂在村口，让路过的孩子们胆战心惊，闭了眼快速跑过。曲润海记得，一次母亲提着一篮菜从地头回来，远远地，一名晋绥军士兵狰狞地向她笑："给你们加点肉吃！"

阎锡山，彻底毁了之前在老乡心中的美好印象。之前，他为家乡建工厂，修铁路，搞建设，治理得非常好。而且每次回村，总是一到村口就下车，步行回家。可他之后如此对待共产党、解放军以及无辜百姓，一下子失了人心。

当地百姓，从爱他、盼他，到恨他、怕他。

母亲在村口逢人便问的“龙龙”，就是大曲润海8岁的哥哥曲润龙，1949年在太原西北修造厂当学徒工。那时候的太原，危机重重。阎锡山带着部队死死守在被层层包围的城内。最遭殃的是无法逃出去的百姓，无衣无食，艰难度日。最可怕的是，阎锡山部队还要把15至50岁的男子统统抓起来，轻则送前线当兵，重则以“伪装罪”处死。

工人们不断逃往解放区，工厂严重缺员。如此，便只能强迫逃不走的工人加班。本就饥饿无力的工人们苦不堪言。一次在被迫加班三天三夜后，曲润龙也动了心思：逃吧。可没有任何背景的他，能逃往哪里？解放区是他们首先想到的，但之前阎锡山对共产党的宣传是“杀人如割草”“三十六杀，二十四刑”等等，想想就不寒而栗。后来有一天，《白毛女》的故事传到他们耳朵里。一些人的内心开始动摇，凑在一起继续动起逃回家的心思。

农历正月的一天，他动身了，同行的有老乡郭计成、杨太平、武明楼等四人，都在太原棉织厂及西北修造厂工作。一个朋友的母亲托人送他们出了第一道封锁线。代价，是每人十块现洋。

前路依然障碍重重。几个人背着所有的家当，小心谨慎却极度忐忑不安地前行。

出城门，过阵地，跨雷区，越封锁线，简直如电影中的情节一样，步步惊心。曲润龙一行从太原上北关出发，经皇后园，时而钻，时而爬，时而躲，终于离开阎锡山的二战区，到达阳曲风格梁。

他们不知道，风格梁此前是阎锡山固守太原的重要防御阵地之一。前一年的 10 月 6 日，西北野战军七纵独十二旅、警备二旅强攻并占领了风格梁高地，但遭到阎军整编三十军、六十八师的拼命反扑。彼时担任前沿指挥的独十二旅五十九团参谋长王鼎新组织部队再次反击，经过七昼夜激战，再次夺回风格梁，打开阎锡山防御太原东山的缺口，完全控制了北面的飞机场，为随后攻打牛驼寨等要塞创造了有利条件。

在这里，曲润龙一行见到了解放军，此时他们一个个成了浑身无一物的穷光蛋，身上的钱物统统被之前送他们出来的晋绥军士兵层层盘剥了去。

解放军比他们想象的还要和蔼，看过证件，给他们开了介绍信，还让通信员将他们护送至黄寨接送站，每个人用身上的有效证件换取了一张路条。

曲润海听哥哥说过，那时候居住在太原城的每个适龄青年，都需要七个以上的证件，比如国民身份证、工人通行证、缓役证、所在工厂证章等。

尽管可以光明正大地走路了，但他们从黄寨到大盂的二十来里路，竟用了四个多小时。五个人疲惫不堪，互相可清晰听到对方肚子无力地“咕咕”响着。身无分文的他们面面相觑，怎么办？最后他们决定住进店里，吃一顿饱饭，睡个好觉。

四斤焖小米饭，一盘老咸菜。多年以后，这顿特殊的饭依然是他们记忆中最鲜美的一餐山珍海味。当曲润龙提议次日临走时脱下衣服抵债时，没想到同行中一位年龄稍长些的大哥告诉他们："不怕，我还有两块现洋。"原来，出行前他为以防万一，偷偷将两块现洋缝在腋下衣服中。

衣服保住了，他们晚上睡得无比香甜。次日，他们大方地递给掌柜一块现洋。让他们想不到的是，五个人一餐饭加住宿，竟还找给他们陕甘宁边区银行发行的边币三四毛钱。

"五忙娘娘，银婶子，龙龙回来了！"

河边村的晚饭时分，窗外的声音把刚刚爬上炕的曲润海喊了下来，母亲更是惊得放下举到嘴边的碗。

跌跌撞撞进门的，果然是日思夜想的哥哥，那张长途跋涉后极其疲倦的脸上，瞬间闪现出踏实而欣喜的笑容。身后跟着的本家哥哥说，润龙因为夜盲症，在快到家门口时还碰在粪堆上，跌了一跤。

曲润海一边开心一边后悔，怎么不在村口多等一会儿？确实，之前他刚刚带着满心的失望，回到家，爬上炕，端起碗。

母亲与奶奶从头到脚检查后，发现哥哥除了身无一物外，完好无损。屋里立刻弥漫出皆大欢喜的气氛。1949 年正月天的这一夜，成了曲润海那些年里最温暖的一夜；而之后哥哥在家的日子，也成了他一生中最痛快的一个春天。

曲润海知道，只要家人在一起，明天就是好日子。果然，那个春天即将结束的时候，哥哥逃出的太原城终于传出胜利的歌声。

城里安全了，工厂复工了，哥哥要离开家了。曲润海送哥哥坐上旧式客运卡车。挥手之时，他知道哥哥下一次再回来，不会那么艰难了。

中华人民共和国成立的消息也传来了。同一天，河边村也开起大型庆祝会。

曲润海内心一动。一股暖流，弥漫在他的心中。

受访人：刘兰琦，山东淄博人，退休干部，1936 年出生，1949 年 13 岁。

从抗战与解放战争时期走过的少年刘兰琦，三个时刻的记忆至今激荡在他心里：日军华北战区投降仪式、中国人民解放军在北平盛大的入城式，以及中华人民共和国成立典礼。

天安门城楼下一双清澈的眼睛

日军投降，解放军进入北平，中华人民共和国成立。对于当初的北平人来说，四年中亲历这三件大事，必将一生难忘。这幸运的人群中，就包括一位少年，名叫刘兰琦。

1945 年 10 月 10 日上午 10 时，华北战区受降仪式在北平故宫太和殿门前举行。那是 16 个战区受降仪式参加人数最多的一次。据统计，当时北平 200 万人就有超过20万人前来观礼。场面可以说是人山人海，水泄不通。

之前大人是不让刘兰琦去的。可日本人投降这等令人高兴的大事，怎能不去？于是他悄悄约了几个小伙伴，跑去故宫。没想到走近才发现就是人墙啊，小小的他们根本看不到现场。于是不顾大人们的训斥，几个孩子鱼儿一样硬是从人群缝隙里挤进最前面。

“就在汉白玉栏杆前。”他记得清楚，激动得不行，跟着全体观礼群众高呼“中国万岁”“胜利万岁”。

他亲眼见证了日军代表签字。只是他不知道，那个向中国人深深鞠躬的日本人叫根本博，是华北方面军司令官。当他率众向华北军政长官孙连仲上将交出沾满中国人鲜血的军刀时，全场沸腾了。

回家的路上，他们的心情依然无法平静，又蹦又跳又唱，高兴得“像疯了一样”。

学校又顺利开课了，刘兰琦加入了童子军。童子军是由严家麟先生在1912年于武昌文华书院创建的，其后流播渐远。刘兰琦说当时班里有一多半人加入了童子军，都是综合表现好的学生。有活动时，他们着统一服装，像海军服一样，白衫蓝短裤，头戴“美军帽”。

然而很快，这座城又不太平了，枪声又响起，抓人、杀人事件又开始发生。孩子们像大人一样，时时祈盼着，这座城可以安稳、太平。

他们隐约知道，背后两股势力激烈甚至残酷地在较量。

终于，有了结果。得民心者赢得胜利。

1949年1月22日，是一个特别的日子。据记载，这一天早晨有重雾，市容模糊，街上照例可听到傅作义队伍的跑步声，以及“努力奋斗”的呐喊声。但上午10时，傅作义就在《关于北平和平解决问题的协议书》上签了字，宣布停战。

这一刻开始，城内国民党守军开始移往城外，听候改编。

从 22 日到 30 日，这支 25 万人的庞大队伍缓缓走过熟悉的北平街头，从腊月走进正月，以这样的方式度过 1949 年的春节。

北平，和平解放。

人民解放军，在响亮的爆竹声里，入城接管防务。

不仅如此，中国人民解放军还要举行盛大的入城式！那该是怎样的气势啊！北平百姓奔走相告，刘兰琦这些少年们更是争相扩散消息，甚至连路上遇到的一只小狗也不想放过。

2 月 3 日上午 10 时，随着 4 颗红色信号弹腾空而起，由指挥车做先导，乐队车队、装甲车队、炮车队、骑兵方队、步兵方队，陆续从永定门经前门，再经外国使馆区走过。

彼时，刘兰琦在西四的路边，与他的同学们挤在队伍最前面，举着旗帜早早守候。随着解放军队伍经过西四牌楼，他们几乎是声嘶力竭地呼喊“欢迎——欢迎——”

入城的队伍浩大，欢迎的人群壮观，其间还有投诚的国民党官兵。这热烈而浩荡的盛事，一直持续到下午 4 点。

“解放军都特别严肃。”刘兰琦说，并非是大家想象中脸上绽放着笑容，不时与周围群众打招呼的样子。

北平换了天地，但最初的时候，有些地方忽然就传出爆炸声。人们知道，这是潜伏在城内的国民党残余人员作乱。然而这样的石子，毕竟激不起大的浪花。水面，很快平静了。

刘兰琦顺利升入六年级，就读的是西城区藤牌营小学，也由童子军变成了一名少先队员。

少先队员刘兰琦，赶上了一生当中最难忘的时刻。中华人民共和国，要成立了！万众瞩目的开国大典，要在他生活的城市举办了！藤牌营小学高年级的

同学，被选中到现场见证历史了！

少年刘兰琦说不上中华人民共和国成立的意义在哪里，只知道这是一件天大的事，只知道他们这些少年有了光辉的未来。早在好多天前，老师就告诉他们这一喜讯，让他们带着足够的食物，一早赶去天安门广场。

父亲几天前就在街上给他买烧饼，可一家一家的烧饼都早早被要去天安门广场的人买走了。父亲有一天起了大早，终于在一家烧饼摊买到几个。

“天哪，宝贝得哪里能舍得吃？带芝麻的。”刘兰琦看着母亲小心地把烧饼装入他的包中。前一天，母亲又给他蒸了杂粮窝头，摊了玉米面饼，打包好咸菜，外加两块酱豆腐。这些食物已经比平时好了许多倍，远远胜过生日。然而刘兰琦又抱着母亲恳求：能不能，杀一只鸡？

家里只有两三只鸡，舍不得。然而儿子要去参加那么盛大的庆典，是一件值得全家感到荣耀的大事。

母亲狠狠心，抓出一只鸡。

香喷喷的鸡肉，又装进饭盒里。

“满满两书包好吃的。”刘兰琦难忘1949年10月1日那个凌晨，3点钟便被母亲唤起床。崭新的白衬衫，蓝裤子，整整齐齐穿好。两只装满食物的书包，交叉背在身上，外加一只水壶。

1949年10月1日，星期六，农历八月初十。北平微风，阴间多云转晴。

“好冷啊。”北平的秋天，一件白衬衫已经无法抵御凉风。母亲给他在衬衫外加了一件厚外套，告诉他到了典礼开始时，再脱下来。

就像远行一样，刘兰琦被父亲送到学校。许多同学早已迫不及待等在黑暗里，兴奋地“叽叽喳喳”讲个不停。

学校在北闹市口西面，学生们整齐列队，手举旗帜，跟着老师出发。那一刻，这群少年心里满是神圣之情，因此在秋日清冷的早晨里步行一个多小时，丝毫不觉疲倦。天亮时，他们到达了天安门广场。

那时候的天安门广场，就是个空旷的广场，没有任何建筑，城墙也是残破的。参加庆典的队伍，一队一队等候入场。时间好漫长，有孩子憋不住要小便，包括刘兰琦。可是，整个天安门广场只有一个角落有公厕，而且离他们好远。队伍一队接一队挨着站，每队有好几个人专门维持秩序。从别的队伍中插过，会招来不满意。可是尿急啊。实在不能等，孩子们最终在老师的努力协调下，缓慢挤过一队队人群，解决了问题。

终于，等到让他们进场的通知。内心感到好神圣啊。少年们跟着老师到了指定位置。刘兰琦清楚记得那是在紧挨城墙的最后一排。

他们席地而坐。远远地，天安门城楼就在眼前，少年们兴奋地仰望，谈论。

离庆典还早，少年们也饿了，身上的书包被迫不及待地打开。香味立时弥散在队伍中。

“你带着什么？”

“我看看你的！”

你一言，我一语，孩子们陶醉在美食里。你递过来一块烧饼，我还过去一块糖块，津津有味地分享。

“两块酱豆腐，瞬间就分吃完了。”刘兰琦笑着回忆，当然还有他喷香的鸡肉。

队伍笑成一朵一朵花。

下午3点，场上终于响起响亮的国歌。同学们停止了打闹，全体起立，看到五星红旗随风飘扬在天安门上空。

有同学哭了，有好多同学哭了。

“不知道为什么哭，就是激动，就是感动，就是觉得与平时任何时候都不同。”刘兰琦这样形容当时的心情。

毛主席铿锵有力的声音，通过大喇叭传到每一个人的耳朵里。

经久不息的掌声，雷鸣般的欢呼，掩盖了整个天空，扩散在整个北平。

在一双双清澈眼睛的注视下，北平从此变成了北京。

受访人:何亚田,河北蠡县人,退休干部,1936 年出生,1949 年 13 岁。

解放军进入北平，最后一个“四四”儿童节，加入少先队，北京人民广播电台现场直播，中华人民共和国成立，北京第一届运动会……1949年，13岁的何亚田见证了太多令他沸腾的第一次。或许就是这种种因素，促使他之后戴着红领巾走进军营。

戴着红领巾入军营

“那一年，新鲜的事儿太多啦！”何亚田听到1949年，兴奋就无法抑制，“一个人一生中可以遇到多少新鲜事？尤其是同一年。”

1949年，13岁的何亚田还是北平打磨厂小学的一名学生。或许是身居北平的优势吧，他走进了一场一场激动人心的盛事中。从2月解放军入城，到参加最后一个“四四”儿童节活动，加入合唱团并把优美的童声通过新成立的北京人民广播电台现场直播在城市上空，见证了中华人民共和国成立大典，第一批加入了少先队，参加了北京市第一届运动会……今天说来，82 岁的老人家仍然激动万分，久久难掩兴奋的心情。

1949 年 2 月 3 日，正在玩耍的他突然听到一个消息：解放军入城啦！住在崇文门的他拔腿就跑，跟着一伙一伙人，跑到最近的前门箭楼。入城的解放军有炮兵、骑兵，他赶上的是步兵队。威武的解放军战士扛着狙击枪、步枪，雄赳赳气昂昂从前门走过。近距离看到这些队伍，他激动不已，不停地跟着人群高喊：“中国人民解放军万岁！中国共产党万岁！”

很快，4 月到了。之前的儿童节，是 1931 年根据中华慈幼协会的建议设立的，是每年的 4 月 4 日。当时具体怎么过的，他记不清了，印象中穿着白上衣，只记得第二年儿童节便改为 6 月 1 日。

那个夏天，他参加了学校合唱团，还到成立不久的北京人民广播电台参加了演出。“当时可是现场直播啊！”直播这个词，他也是第一次听说。他们在音乐老师带领下，遵照事先叮嘱的“进去后千万不能说话”的要求，庄严而神圣地步入这一处特别的圣地。具体时间不记得，只记得是夏天。唱的什么歌也不记得，但忘不掉一句歌词：“嘹亮的歌声”。

那时候，他们最爱唱的歌就是《解放区的天是明朗的天》。没有收音机，他们听不到广播，因此 10 月 1 日直到下午在街上看到浩大的游行队伍，才知道正举行中华人民共和国成立大典。他又一路跟着队伍，从前门到了天安门广场。远远地，人们说城楼上站着毛主席。看不清，就是模糊的一个影子，但不影响他跟着人群高呼：“毛主席万岁！”“共产党万岁！”

而 10 月 22 日到 24 日在先农坛体育场举办的中华人民共和国成立后第一次新型运动会，也让他记忆犹新。何亚田只是坐着观摩的一员，但他已足够兴奋。整场运动会，他印象最深的项目是叠罗汉。他说表演者穿着白色服装，一层层叠加，“看上去真精神”，也让他们目瞪口呆。

随着1949年10月13日中国少年先锋队建队，何亚田顺利成为第一批少先队队员。他一生中印象最深的就是当时的班主任牛老师，同时教他们语文、历史、地理与大仿四门课程。憨厚、善良、智慧，种种词汇都不足以表达牛老师在何亚田心目中的地位。牛老师从来不打学生，何亚田说这在那个年代的老师中太罕见。小学毕业的时候，他非常难舍。经过不少天的精心策划，他上街买了一盒颜料、几张白纸、一支新毛笔。回来严格按比例绘制出一幅全国地图，将各省涂上不同的颜色，虔诚地送给牛老师。

“这可是我教过的学生送的第一份礼品啊！”拿到礼物的牛老师无比感动。何亚田说那是他第一次送老师礼物，也是最后一次。

何亚田所在的打磨厂小学前身是始建于同治七年

（1868年）的“巴氏觉罗学堂”，中华人民共和国成立后曾多次更名，包括“前门小学”等，现在名为“北京市东城区前门小学”，离当时的前门火车站不远。他记得当时的火车就擦着前门城墙南侧驶进，又驶离，是当时的北平一道特别的风景。前门火车站的正式名称为“正阳门东车站”，始建于1901年，是一座典型的欧式建筑。中华人民共和国成立后一度成为“国门”和“首都迎宾门”。直到1959年北京站落成投入使用，前门火车站才结束了它光荣的历史使命。

这些新鲜而刺激的事件，一次次激荡着何亚田的一颗少年心。然而他的内心，始终燃烧着一团无法扑灭的火焰。他说抗战结束到解放前，北平街头时常发生美国大兵作乱事件。比如1946年9月3日，三个美国海军陆战队士兵在北平西调度站比赛枪法，将正在指挥火车进站的中国工人王恩弟选作练枪目标，当场击毙，但案件未见处理。1947年11月3日，美军车队在大红门附近的公路桥上将女青年刘玉梅双腿轧断，将另一名女青年刘玉花撞成重伤致死。事故发生后美军拒绝救治，逃离现场。国民党当局对报案不予受理，要求受害者家属自行处理。

何亚田说那几年，马路上常常看到美国大兵开着吉普车狂奔。面对吓得四处躲闪的百姓，他们哈哈大笑。他说太气愤了。当了八年亡国奴，好不容易打跑了日本人，却目睹国民党如此软弱、亲美、恐美，心中便无比仇恨蒋介石，痛恨国民党。因此 1949 年中华人民共和国成立，他们才那么高兴，才感觉到什么是真正的解放，什么是真正的自由。爱国思想，深深扎进人们心中。

在学校上学，就是想着有一天要报效祖国。内心涌动的那团火，越烧越旺，以至于让他无法等下去。1950 年，年仅 14 岁的他就要参军，但家里不同意，还将他转回太原进山中学读书。1951 年，他更看到《人民日报》刊登出《谁是最可爱的人》一文，愈发难掩内心的激情，再一次坚决要求参军。父母看到儿子的决心和勇气，不再阻拦。

何亚田说，当时他们班有三名同学报了名，到最后出发时，只剩他一人。今天说起，他说自己的母亲太伟大，当时送他不知道是什么心情，当面没有掉一滴眼泪。她给儿子的唯一礼物是一个针线板，上面密密麻麻缠满线，还有几根针。母亲告诉远行的儿子：今后衣服破了，要自己缝。

何亚田加入刚刚改称的中国人民解放军坦克第1师。他笑说自己是戴着红领巾入伍的，到了部队组织上还给他们这些年龄小的战士过了一次红领巾队日。

第一批入朝志愿军名单定下来后，竟然没有他。何亚田急了，将指头咬破写下血书：我要入朝！之后，他如愿唱着“雄赳赳气昂昂”，真正“跨过鸭绿江”。

“一江之隔，两重天地啊！”何亚田今天依然感叹着走进朝鲜的所见，“遍地弹坑，大雪地，苍凉，无人。”

为避免美军轰炸，他们在朝鲜境内都在晚上行军。弯弯的山路上，行驶中的汽车车灯蜿蜒成一道道温暖的风景。但突然地，检测到有美军飞机飞临的防空哨所会传来紧密的枪声。瞬间，车灯齐刷刷灭掉，山里恢复一片寂静。

何亚田所在的是坦克修理连，属于保障分队，因此并未能圆他深入前线的梦。然而他此生最没有遗憾的，便是当年坚定地穿起军装，走上战场，以一名中国军人的身份，为脚下深爱的这片国土贡献了一份力量。

受访人:许笑梅,北京人,退休干部,出生于 1935 年,1949 年 14 岁。

少年时代的许笑梅唱过许多首歌，然而在她心中最响亮的却是《东方红》。

东方红，太阳升

高高的天安门城楼就在眼前。少女许笑梅一遍遍抬头，仰望，长久地盯着那些人看，并仔细寻找一个人。尽管她很努力，但看不清上面人的面容。可是，人群是沸腾的。她的身后，是看不到边际的庞大队伍。一支支队伍非常整齐，声音却是杂乱的，此起彼伏的。但谁都能听清，喊的是“中华人民共和国万岁！”“毛主席万岁！”

许笑梅盯着上面看一阵，跟着喊一阵。渴了，就喝几口水壶里带的水。早晨与中午，吃的都是带队老师给她们发的饼干，也是就着水吃。她们水壶里的水，有的是白开水，有的放了白糖。许笑梅和她所在的佑贞女中的学生们一道，齐刷刷站在庞大队伍的最前面，每当转身看到后面远处密密麻麻的人，内心就升起满满的骄傲和激动。

这一天，是中华人民共和国成立的日子。彼时，她站在天安门广场城楼下。

这一天，北平佑贞女中五年级以上的小学生和初中生都参与了庆典。她们是一大早到达天安门广场的。几公里的路对一些步行的少年来说，不是短距离，但累这个字眼并没有留在她今天的记忆里，存下来的只有兴奋。

多次仰望，依然看不清城楼上的人，但她的心里却掩饰不住高兴。8个月前在新街口看到解放军入城时，她欢喜的心情中还带着忐忑，因为不知道接下来的日子会不会真的平安、稳定。

她内心一阵欣喜。以后，自己的身份是不是就可以公开了呢？想到这些，许笑梅就不由自主高喊：“中国共产党万岁！”

许多人不知道，当年14岁的许笑梅，公开身份是少先队员，然而她前一年已经加入了中国共产党。

许笑梅当时在北平佑贞女中读书。学校位于西城区地安门西大街南侧的教场胡同。校舍包括教学楼及礼堂，是欧洲折衷主义建筑风格，立面三段划分，红瓦坡屋顶，红砖清水墙嵌以石料装饰。许笑梅说她们在女生部，与男生是分开上课的。当时，男生在佑贞女中东侧的盛新男中，盛新男中是1923年修建的。两所教会学校在1952年合并，被政府接管。现在已成为全国重点文物保护单位，由北京四中初中部使用。

许笑梅的父亲做生意，当时住在新街口附近的一个四合院里，经济条件在当时算不错。母亲当时没有工作，却总是提醒女儿要关注大形势。

许笑梅不懂形势，但听母亲的只接受学校教育，

遵守学校纪律。在学校，她有几个好朋友，常常在一起玩耍，聊天。常常，这几位好朋友会带她到一个僻静处，说一些她之前没有听过的人，没有听到的事，还唱一些以前完全没有听过的歌，比如《东方红》，比如《没有共产党就没有新中国》：

没有共产党就没有新中国，
没有共产党就没有新中国，
共产党，辛劳为民族，
共产党他一心救中国，
他指给了人民解放的道路，
他领导中国走向光明，
他坚持了抗战八年多，
他改善了人民生活，
他建设了敌后根据地，
他实行了民主好处多。
没有共产党就没有新中国，

没有共产党就没有新中国。

这首歌，许笑梅每一次都听得热血沸腾，激情澎湃，便一次次动情地跟着唱。边唱，边想到几年前在后海眼睁睁看到日本人把一个过路的女孩按倒在马路上残忍强奸，从此心里落下恐惧再不敢轻易出门；边唱，边想到日本人走后，北平依然隔三岔五要死人，听到枪炮声。共产党啊，他辛劳为民族；共产党啊，他一心救中国。改善人民生活，实现民主自由。共产党三个字，在许笑梅年幼的心里，深深扎了根。

有时回家，她就跟母亲说这些，讲这些，母亲与她一样，也一次次听得激动。不仅如此，母亲还会问她更多的细节、更多的事，并鼓励她多接近这个组织。许笑梅不太懂什么是组织，但与几位同学更加亲密，并通过她们结识了更多的人，这些或是老师或是学生的人们，在一起有一个共同的话题，就是共产党，就是毛泽东。她们还会谈自己的感觉、自己的看法，也谈自己的不足。尽管幼稚，但个个动情，真诚、激昂。每一次，也总有一位成熟的人，给她们更准确的引导，对她们模糊的认识加以解读。那样的氛围中，许笑梅总能看到前程，看到光明。

有一天，这些人再一次聚在一起。许笑梅记得，当时的氛围与往日任何一次都不同，有些凝重，有些严肃，有些认真。一位她们平时就佩服的人站起来了，大意是今天在场的人都是先进的，都是积极的，都是可靠的，今后对这个国家都是有用的。

之后，许笑梅跟着大家郑重举起右手，一句一句清晰说出：

“我志愿加入中国共产党，作如下宣誓：一、终身为共产主义事业奋斗；二、党的利益高于一切；三、遵守党的纪律；四、不怕困难，永远为党工作；五、要做群众的模范；六、保守党的秘密；七、对党有信心；八、百折不挠永不叛党。”

后来，许笑梅才知道学校里早有不少地下党员。

今天，她成为她们中的一员，尤其是刚刚的誓言，让她深深感到自己变得神圣起来。但她们被告知，这个身份是秘密的，不得告诉外人。

她激动、忐忑、期待。出门站在阳光下，觉得小小的自己成了一个伟大的人，一个有了重大责任的人。她把秘密牢牢存进心里。除了母亲，谁也没有告诉。

1949 年 10 月 1 日，她终于站在天安门城楼下，近距离见证中华人民共和国成立。从此，她终于可以开口告诉人们，她早已是一名中国共产党党员了。而之前《东方红》里唱到的大救星，那位叫毛泽东的人，就是国家主席，就高高站立在她的面前。

想到这些，许笑梅又不由独自在心里，一遍遍高唱“东方红，太阳升，中国出了个毛泽东……”

受访人:赵炳旺,山西武乡人,农民,1935 年出生,1949 年 14 岁。

前后，左右，过河场景也是前所未有的壮观。男的拖着女的，女的抓着小的，搀着老人的，背着孩子的，孩子嘴里咬着吃的。大河里零零乱乱，人潮涌动，时而欢喜地笑，时而惊心地叫。

过河去

1949年，14岁的赵炳旺已经成为地里的好把式。他的父亲是党员，又是村里的“公安员”，抗战胜利到解放期间一直忙于清理特务、汉奸的事，还要负责全村的治安工作。因此11岁时，赵炳旺就被父亲派到地头劳动，他说自己多年营养不良，身材本就瘦小，开始连犁都扶不住，只能拼尽全力，歪歪扭扭跟着牛前进。

父亲在身后，上粪，撒种，指点他如何用力。

3岁就开启了逃难生涯的赵炳旺，童年和少年的记忆里就是两个字："快跑！"跑到哪里？他说不知道，跟着人群，跟着牛羊，跑，跑，跑！

他见过日本人三次，一次是与姐姐在邻村马家庄，日本人突然就来了。听到消息的村民跑进逃难洞，可还是被找到了，日本人拿着枪把他们全部赶出来，一番审问。赵炳旺是孩子，逃过一劫。还有一次也是逃去别村时碰到日本人。他说男的大多跑了，好多女的跑不动，无奈地坐在院子里。有一个情景，让他当时笑得不行，他不明白，为什么那些女人们手忙脚乱中却要齐刷刷地把锅底黑胡乱抹在脸上，一个一个脸上黑乎乎的那么难看。日本人亮出刺刀，指着人们，脸上却还笑着。有人急忙端出一碗一碗冷水，他们低头"咕咚咕咚"仰脖喝下。

偶尔他可以悄悄回趟家，却发现家里没门没窗了，屋里除一盘炕、一个灶台之外，空空如也。就连村里的大树小树，都是断的。日本人在村里住了3天，树与门窗便都着了火。家家门上，是一片用谷秆编织的“门帘”。吃的更没有，苦菜、野菜都挖绝了。满坡满岭光秃秃的，偶有一根草，倒成了稀罕物。有一阵实在饿得不行，村里人就尝试去吃一种植物，没想到食用之后大便下不来。

他娘是小脚，走路都困难，更不用说跑了。一次他跟着娘逃到半路，娘实在跑不动了，就推他。一个六七岁的孩子，自然想跟着娘，死死抱着不肯走开。娘便疯了一样大吼：“你不想活了？”一边猛地把他推得远远的。他这个六七岁的孩子，只好一边回头望娘，一边哭喊着跑进人群。

好难受呀，好苦呀！

尽管近80年过去了，说到动情处的赵炳旺还是忍不住一阵哽咽。极力忍一阵，然而那深埋了多年的苦难竟像洪水般喷发，不顾有陌生人在眼前，他失声将脸掩在双腿间大哭起来。

从这样的日子里熬到1949年，赵炳旺怎能不百感交集，悲喜交加？他说之前回村，人们之间聊的话题只有一个，就是昨天谁被抓了，今天谁又被打死了。

哪里能想到，可以活到今天？

说到这里，赵炳旺又失声笑起来。他眼里的泪、心里的苦还没消融，因此那笑便带了哭腔，又涌动着难以控制的幸运与激动。

尽管依旧是穿着那件冬天当棉袄、春秋掏出棉絮当夹袄的衣服，赵炳旺还是一路欢呼，跟着村里的年轻人去往县城段村。

中华人民共和国成立了。北京的沸腾，传递到山西了，传递到老区武乡了。伤痕累累的这片土地上，人们咧嘴笑了。

赵炳旺所在的马庄村，离段村有十几公里，步行差不多需要两个半小时，中间还有一条大河。然而那是多么令人兴奋的一条路啊。开大会是在上午，许多人兴奋得一夜没睡着，次日早早就爬起来出发了。

当年大河浩荡。“我差点漂走。”赵炳旺记得清，他的身体几度不由自己控制，让水冲着走。幸亏，他被身边一群比他大的年轻人死死拉回。

前后，左右，过河场景也是前所未有的壮观。男的拖着女的，女的拽着小的，手里搀着老的，背上爬着小的，孩子嘴里咬着吃的。大河里零零乱乱，人潮涌动，时而欢喜地笑，时而惊心地叫。

确实，那时候还没有关河水库，从他们村去往段村，要战胜浊漳河的激流。然而齐腰深的大河，无桥，天冷，都不是阻隔，他们甘愿跋涉，他们在河中心生愉悦。

到达段村的那一天，看到的是熙熙攘攘的人群，铺天盖地的传单。赵炳旺一眼看到武乡的抗日英雄，当时县公安局局长郑文奎。大大的场地有一个总台，然而人太多，当时又没有电，没有扩音器，因此又搭建了四个分台。总台上是县委书记李鹏飞，举着喇叭，大声说话。李书记说一句，四个分台上的负责人就分别向台下传递一句。

场地里坐满了人，赵炳旺说当时不让站着，大家都坐在地上，水泄不通。

心里那个高兴啊。其实大多数人前来，并非关心开什么会，比如他就记不得开会的内容。只是想来看看，想来跟着高兴高兴。

赵炳旺不记得街上有节目表演，但记得传单上的部分内容，比如有一句："眼泪未干，血债未还。"

一字一句，一举一动，都在告诉人们，虽然解放了，虽然大难过去了，但不能放松，还要坚持斗争，要努力恢复家园。

远在北京的事，天安门城楼上的大事，李炳旺并未听说。他的眼里，那一天的武乡县，就是天下最热闹的地方；那一天武乡的庆祝场地，就是天下最大的场所。

太平了，父亲让他读书了。赵炳旺背起书包，在村里读完小学，又到监漳读了高小。每月代替学费的40斤小米，20斤白面，父亲按时让他背去。在学校，他第一次过上了可以吃饱肚子的生活。早晨吃小米焖饭，中午有面条，晚上有和子饭。

“吃得可好呢！”赵炳旺回忆着，犹如回到从前。

中华人民共和国成立后生活一天天好了，他相信生活会更好，但有些话还是不能信，比如有人说以后的日子是“电灯电话，楼上楼下；耕地不用牛，点灯不用油”。

“哈哈哈——”他今天依然记得当时听了的感受，“瞎放屁呢！”

可是啊，今天的赵炳旺，窑洞里不仅电灯亮堂堂，还早已淘汰了电话机用着手机。白菜在冰箱里放着，熬稀饭用的是电磁炉。早晨起来就可以炒个土豆丝或白菜吃，晚上有女儿送来现成的饼子。

“天堂活着呢。”这个退休多年的村干部赵炳旺感叹着，抬头。

下午的阳光射进来，暖烘烘的，照在他身上，脸上。

受访人：李彩萍，山西沁县人，退休职工，1935 年出生，1949 年 14 岁。

1949年阴历十月，14岁的少女李彩萍身穿一条红色棉裤，一件黑色棉袄，坐着一顶花轿，在天黑之际嫁进了婆家。

花轿中的新娘14岁

“明天是最后一天了，今晚我们就不出去‘躲反’了。”

“哥，那你早点把牲口喂了睡，明天鸡叫咱就走。”

对话的是李彩萍的父亲与二叔。两人说的是第二天下地播种的事。那是1946年春天，阴历四月二十。

那时候，国民党正在各村疯狂搜寻共产党员、进步村干部。许多人还与日本人侵略中国时一样，晚上要跑到外面，去“躲反”。

正是耕种时节。第二天，家里的地就种完了，借来的牲口与家什也可以归还了。哥俩觉得，几个小时应该不会有事，想着明天种完地，晚上再出去躲。李彩萍的父亲听完弟弟的话，出门给牲口添料。没想到刚出得院中，几声“站住！”便喝过来，紧跟着“哗哗”作响的火把照亮满院。

那是从未有过的亮，当年11岁的李彩萍清楚地记得。她出门后，父亲已经站住并蹲在地上。住在东屋的二叔已经被人拉了出来。很快，两根绳子把弟兄二人捆在磨盘上，又有几个人去屋里乱搜。李彩萍的母亲与奶奶急急上前哀求：“就是两个种地的，放了他们吧。”

“滚——”回应两个柔弱女子的，是齐刷刷打过来的枪杆子。

在全家注目之下，父亲与二叔被带走，还有父亲及姐弟仨的被褥及一头毛驴。

正有孕的母亲一边哭，一边在昏暗的灯下将丈夫的一件破上衣与一条小褥子缝在一起，勉强做成一条被子。

这条特别的“被子”，姐弟仨一直盖到1949年李彩萍出嫁。因为，他们31岁的母亲在当年9月因伤寒病去世，没来得及给三个孩子再做一条被子。当然，带走的还有肚子里的孩子。

李彩萍说，二叔当天就被杀害了，因为他是共产党员。一同被害的还有本村一位16岁的少年。少年并非共产党员，是国民党前来抓他当村干部的父亲和共产党员哥哥而寻不着，恼怒之际用放羊的他做了代替。无辜的少年不仅替父亲与哥哥死去，还被挖了心，砍下头，惨不忍睹。

那一天，离沁县解放已经不远了。即将迎来解放的最后日子，他们因村里一位地主告密而悲惨死去。

李彩萍二叔的死，自然也凄惨无比。李彩萍的爷爷后来去收尸时，也是零零乱乱地将儿子的尸骨捡在

一起。从 25 里之外的县城背着儿子回家，沉重的并非儿子干瘦的身躯。离家还有七八里路时，悲愤交集的爷爷终于挪不动步子，被村里来的人接了回去。

李彩萍的父亲并非共产党员。尽管弟弟临走时拉着他说："哥，我活不了了，你没事。"他还是被打得几次昏死过去。后来把家里的粮食都交上去，又经维持会几番沟通周旋，血淋淋的父亲终于在半个月后被放了回来。

那一天，李彩萍抱着从父亲身上脱下来的衣服去洗。她坐在河边，等父亲硬邦邦的衣服慢慢泡软，看河水被染红。

父亲的血，深深刻在李彩萍心里。

1947 年阴历二月，沁县大征兵，号召热血男儿投入解放战争。35 岁的父亲正好在 18~35 岁这个年龄范围内。尽管有三个未成年的孩子，父亲还是狠狠心穿起军装，扛起枪。

三个孩子有两种选择，一是分到三家抚养，二是跟着失去丈夫且无儿女的二婶婶。经过沟通，二婶婶说不再嫁人。爷爷奶奶叮嘱她既然留下，就好好待三个孩儿。但三个孩儿毕竟不是二婶婶亲生。同龄的伙伴背起书包，李彩萍却成为这个家的主要劳力。地里活要干，回来还要学纺花织布做针线。考虑到比她小三岁的妹妹，比妹妹小三岁的弟弟，李彩萍一年四季东拼西凑付出全部力气，才能确保姐弟仨不露屁股不露脚趾头，尽力过得像有娘的孩子一样体面。

尽管这样，她还是没有能力给姐弟仨拼凑一条被子。

“天天哭。”李彩萍记得，想再也回不来的母亲，更想不知死活的父亲。

1949年春天，她盼来父亲的第一封信。欣喜若狂的李彩萍打开，却像看天书，只好找来村里识字的人给他们读。父亲在信中，问父母健康，问三个孩子平安，又告诉家人他跟着部队在河南。

那天，正好村中一位在县银行工作的人请回一个照相的师傅拍全家福。顾不上等地里的爷爷归来，奶奶带着姐弟仨跑去人家家里，要拍一张照片。看妹妹身上的衣服实在不像样，旁边一位婶婶脱下自己的夹袄给她穿上。

妹妹穿着一件快过膝的成人夹袄，与奶奶及哥哥姐姐欢喜拍下第一张照片。

心里的话，家里的事，好多话想说给远方的父亲听。李彩萍只能一字一句，尽力讲给念信的人，看对方像写密码一样写在纸上。李彩萍能做的，就是把一张珍贵的照片放进去，盼它翻山越岭飞到父亲身边。

此后父亲与家里通了信息，李彩萍便在家与读信人家中间跑来跑去。父亲回来的日子还是遥遥无期。李彩萍思念与委屈的泪水，依然没有停止。

秋日的一天，爷爷把她叫到身边："孩子，这样的日子苦了你。给你寻了个人家，走吧。"

走吧。14岁的李彩萍明白了爷爷的话，什么也不问，在心里告诉自己，走吧。

订婚那天，男方带来一副崭新的被褥，一夹一棉两身衣服，都是家织粗布做的。

阴历十月，到了李彩萍出嫁的日子。男方给的一身棉衣，做了李彩萍的嫁衣，一条大红棉裤，一件黑色棉袄。棉袄的黑色是用一种“爬爬草”加白矾煮出的颜色，因此并非纯正的黑。母亲走后，父亲一把剪刀将她两条小辫剪掉后的短发，有人给梳得整整齐齐。

嫁妆除了男方家给的一身夹衣，一床被褥，还有母亲出嫁时姥爷陪过来的一只大板箱。“黑色的，上面绘有牡丹花。”另外，还有母亲没舍得穿几次的两身陪嫁衣。

这是奶奶搜遍母亲箱底所能找出的，全部可以拿出手的物件。

由男方家送来的新被褥放在黑色板箱上，两位送亲者抬着；几身陪嫁旧衣及一些零碎物，由另一位送亲者抱着，走出李彩萍生活的沁县南里乡上庄村。她说当时他们村接亲已经时兴骑马或坐马车，可相隔七八里的婆家派来的依然是一顶花轿。

巧的是，这顶花轿那一天要接送两位新娘。因此当接到排在后面的李彩萍到婆家时，天已经完全黑了。

亲戚乡邻大都散了，家里给送亲的人留着一桌喜饭。昏暗的油灯，桌上一盘菜是豆腐，另一盘看不太清。有人边夹边说："肯定是肉。"没想到吃到嘴里，却是金瓜。早饿了的送亲者抓起手边的黄蒸（黄软米包了红豆馅，做成馒头样上锅蒸熟），津津有味地吃了起来。

新娘的待遇，要好一些，是一个白面馒头。李彩萍记得还做了花样，新娘的馒头是一个"兔子"，新郎是一匹"马"。

乐队在漆黑的夜中，吹着，奏着，一声声提醒着14岁的少女，自己成了他人妇。

苦孩子李彩萍，并未觉得人生就此变得灰暗。她心中除了惦记弟弟妹妹，还紧攥着一个识字梦。所幸，四年后她跟着复员的丈夫到了太原。第一件事，就是进入扫盲班。在那里，即将20岁的她像小学生一样，从“一二三”开始学习。几年后，她不仅顺利进入工厂参加了工作，还当了车间主任，走上省级劳动模范领奖台。

受访人:储福昶,山东青岛人,退休工人,1935 年出生,1949 年 14 岁。

解放前一些百姓心里的解放军，都是魔鬼一样青面獠牙的兵。然而有一天13岁的少年储福昶从门缝里偷偷望出去，眼前的景象却并非如此。

真实的模样

1948年，山东潍县街头，一个13岁的少年在一间简陋的小铺面中用力拉着风箱。他的母亲将一些零碎的白菜叶子放入开水锅里煮，加点咸盐，再加入一勺黑酱，香味便热气腾腾地弥漫在古旧的小城街上。有过路的百姓闻着味道进来，坐在条凳上，花一毛钱，一碗白菜汤便端到面前。吹吹热气喝两口后，从身上掏一个干巴巴的窝头出来，一顿寻常百姓的美味，就在这个狭小而简陋的空间里被享用着。

少年名叫储福昶，这个勉强称得上铺面的地方，是母亲带着四个孩子维持生计的家当。母亲会做潍坊单饼，储福昶也会做，就是将和好的三块面叠加在一起，中间一块的两面象征性地蘸点油，擀开烤熟。

这样的日子，储福昶全家过了两年。之前一家人本在青岛生活，但因战火影响，担心三面环海的那座城市有一天受困断了生活来源，于是在储福昶六岁那年举家迁到潍县。没想到 1946 年，父亲因心脏病去世，只剩下母亲与四个孩子相依为命。

储福昶只上了不到三年小学，课程是日本人教的，当然以学日语为主。家庭生活的贫困，加上对所学知识毫无兴趣，他便退了学。除了帮母亲干活，就是四处玩耍。

1948 年 4 月，原为华东野战兵团的山东兵团攻至潍县城下。城内的国民党疯狂反击，顽固地把守着这座小城。储福昶说当时潍县是东西两个城，西城城外本来有一圈两层商铺，但国民党兵担心解放军顺着商铺爬上城墙，便强迫百姓拆掉这些铺面。那段时间，国民党挨家挨户征集民夫。

储福昶没了父亲，他这个家里的老大也未成年，本不在征夫之列。可他却被一天可以给20斤小米诱惑了，于是主动报了名。介绍他去的是一位老头。让储福昶没想到的是，他每天最多只能拿到5斤小米，余下的都扣在老头自己手里。

然而5斤小米对饥饿的全家人来说依然很吸引人。储福昶便跟着老头干了大概一个多月。每天早晨，他们到保公所集中。那时候，进出城门有严格要求，除了进出者本人的良民证，还需要全家人的证明。每天，储福昶与所有的民夫们一起，揣着良民证，再拿着保公所开的证明，浩浩荡荡排队出城。他说大城门已经被国民党兵用沙袋封死，只留一个小门进出。

有时，他带点干粮，有时就什么也不带，等晚上到家再吃。辛苦劳作一天，天黑了终于可以熬到回家。但常常，他们在半路又被堵下，是临时又发现哪里急需拆掉。每到这个时候，民夫们就顾不上纪律，顾不上按回家的路线与街道列队走，四散跑开。储福昶说他当时瘦小，常常从人缝里鱼儿一样钻出去溜掉。有的人便很不幸，逃跑过程中被几个二十来岁的年轻小伙子狠狠地抓了回去，饿着肚子在昏暗中继续劳作。

有一次储福昶上气不接下气地第一个跑回家时，邻居们一个个急着问他："我儿子呢?"储福昶说，人们跑得那么乱，谁还能顾得了谁?

除了拆房子，他们还要绕城挖一条很宽很深的壕沟，阻止解放军进城的脚步。

解放军就在远处。储福昶在劳动的间隙经常偷眼望过去。常常，国民党兵与解放军就开了火。

"叭——格儿——"储福昶说随着这枪声，就会有人倒下。于是伤者就被放上门板，送往医院。有时候，干活的某个民夫也会不幸被误伤。

年少的储福昶当时并不觉得害怕，成年人一听到枪声都躲起来，他却站在原地，想努力看清远处的兵是什么模样。

民夫们一天天加班加点，一间间商铺被拆除。“堆起的砖瓦，有两层楼那么高。”

好好的房子，拆成这样。储福昶时时站在这堆废墟前迷茫。想不出个所以然，只能继续跟着干，为了几斤小米，也怕解放军打进来。由于受国民党宣传的影响，在他的心里，城外攻势很猛的解放军都是青面獠牙，甚至是红胡子绿眼睛的怪模样。

拆房，建壕沟，都未能阻止解放军的脚步。最后的战争，终于开始了。在城外做买卖的百姓，都被赶回城里。街上，抱着孩子、拿着被子物品的百姓慌乱地跑。当时国民党有飞机随时往下扔炸弹，大多数人便集中到较为牢固的庙里，恐惧地等待战争结束，祈望日子安宁。

被辛苦拆掉的铺面并未能阻止解放军入城的脚

步。4 月 24 日零时 21 分，山东兵团开始强攻城墙。他们用 6 包各 20 公斤的炸药，在西城墙炸开一个突破口。1 时 30 分，二十七师七十九团架起云梯，率先登城。凌晨 3 时左右，先后又有 5 个连队成功登城。国民党之前吹嘘“金城难破”的潍县城，就这样被攻破。

枪声终于由猛烈变得细小。储福昶也得以回到家，夜里可在床上安稳睡觉。一天清晨，枪声终于全部停止了，只有弹药的味道隐隐弥散在空气中。

整个县城是从未有过的宁静。大人们依然躲在家里不敢开门，不知道外面变成什么样的天空，也嘱咐孩子们不要开门。储福昶好奇，便挤在门缝边偷偷朝外看。一看不要紧，他发现门外竟然有不少当兵的人。这些人与之前驻在县城里的国民党兵穿着不同，黄色军装，个个支着枪靠在墙上或坐在地上疲惫地睡去。

“这就是传说中魔鬼一样的解放军?”储福昶心中

万般疑惑，“这不是普通的人吗？”

他尝试着把门打开。听到开门声，近处几位当兵的立即睁开眼围过来：“大爷，给点水喝吧。”储福昶吓了一跳，后来知道，这些兵叫男人都是大爷，叫女人都是大娘。大爷大娘们很快看到这些兵干裂的嘴唇、疲惫的身躯、恳切的眼神，什么也不再问，赶紧点火烧水。

储福昶不眨眼地偷盯着这些兵看。之前国民党的宣传里，说的可不是这样子啊。眼前的这些人，真的是传说中的部队吗？

这些兵，分明不是传说中凶神恶煞的模样，他们温和、亲切、谦虚、有礼貌，很快赢得老百姓的信任与喜欢。

1948 年 4 月 27 日，潍县解放。曾经抓人当民夫的兵不见了，新入城的兵接管了这座小城。恢复了体力的解放军雄赳赳气昂昂地出现在街头，笑着与老百姓打招呼。他们做的第一件事，就是将城外的一批百姓迁到城内。因为每到雨季，那里都要发大水，百姓的房子就被冲坏。腾出来的那片土地后来成了一处空旷的沙滩，春天的风筝从此五颜六色地飘扬在上空。

储福昶常常抬了头望。扔炸弹的飞机变成了风筝，枪声变成了大人孩子的欢笑声。他偶尔还是有些恍惚，曾经在这里拆铺面、挖壕沟的日子，真的成了过去？

之后，潍县与其所辖的坊子矿区合并，成立了潍坊特别市，1949 年 6 月改称潍坊市。

百废待兴，一切都需要重新建设。储福昶便没再上学，进了青岛一家铁厂做学徒，几年后像那个年代的很多年轻人一样，投入到生产建设中，从山东到齐齐哈尔，从富拉尔基又到山西，用自己实实在在的技能，为国家建设献上自己的力量。

受访人：贾播，山西太原人，退休干部，1933 年出生，1949 年 16 岁。

山路弯弯，长路漫漫，一辆沉重的汽车，翻山越岭，行驶在他们向往的光明之地、安全之所——前方，是重庆。

重庆的天空

“我哥哥那时候做生意，在阎锡山下属的商业部门。”说到与阎锡山的关联，贾璠的声音还是稍有异样。

解放前，贾璠在山西太原，这是“山西王”阎锡山的地盘，也是国民党的统治区。贾璠算是幸运儿，他的父亲及两位哥哥都做生意。1948 年 10 月八路军围攻太原时，贾璠在市工业学校附中读书。当时，阎锡山大力号召，适龄男生都要去当兵，要“誓死保卫太原市”。同时还在学生中地毯式搜寻共产党，目标是“十除一，一变九”，就是在十人中要除掉一个共产党员或革命群众，把原有的一个拥护他的人变为九人。因此，学生中凡有异常举动哪怕是唱几句进步歌曲者，都要被处死。据山西省政府统计，仅1947年11月、12月两个月，被乱棍打死者就有3000多人。

贾璠记得，当时仅太原进山中学就杀了不少进步学生。他们寒暑假结束回校，都要被细细盘问，是否接触过共产党。诸多信息让学生们恐慌，于是一部分跑到北京，在那里成立的“山西临中”继续上学；还有一部分去了西安。

贾璠自然要去西安，因为哥哥的生意已经提前转移到西安。他是跟着嫂嫂一起走的，乘飞机。不过出发时并不顺利，因为太原南郊的飞机场已被八路军控制，只剩北郊一个小机场。他说机票是叔叔买的，身上带着姑姑给的十块大洋。

第一次有机会坐飞机，他却没有兴奋。一家人心里慌慌的，能顺利离开吗？果然，起飞前听说西安下起大雨，不能飞。

天注定？等得那个急呀。终于，西安的天气没有让他们太绝望。雨终于停了，飞机终于起飞。

贾璠的记忆没错。解放军 1948 年 7 月 21 日收复榆次、太原县城，控制了南郊机场后，徐向前给军委和华北局、华北军区发去报告：“晋中保卫麦收战役已经结束，进攻太原战役的准备阶段已经开始。”

太原成了一座战事一触即发、被死死围住的孤城。能逃的，都逃了；能躲的，都躲了。

西安的日子也顺利不到哪里，经济萧条，物资匮乏，通货膨胀，物价失控。他在哥哥的资助下读完中学二年级，西安的空气也越发凝重。贾璠再次跟着哥哥，辗转重庆。

确实，贾璠一家离开后的 1949 年 5 月 20 日凌晨，解放军第六军第十六、十七师经过 40 分钟激烈战斗，渡过渭河，进军西安。那时候，兵临城下的解放军不仅肩负解放西安的重任，还奉命保护这座古城。或许觉得大势已去，驻扎在钟楼和鼓楼上的国民党士兵自动放下了武器，让这个十三朝古都避免了战火的洗礼。

然而，正当全城洋溢起欢乐的庆祝气氛，钟楼附近的大市场上各类商家开始喜气洋洋地营业时，5月29日却听说胡宗南残留在秦岭的部队全面下山，欲与马鸿逵、马步芳的军队会合后再回西安。因当时驻守在西安城内的解放军并不多，空气再度凝重起来。

好在，这一次没让人们恐慌多久。没过几天，解放军第十八、十九兵团从解放后的太原火速开来，使胡宗南的反扑计划全面落空。

太原、西安，就这样跟着贾璠离开的步伐，相继解放。

今天说起，他说没有办法，因为当时阎锡山一直向他们灌输："共产党杀人如割草。"

他的哥哥，与那些在国民党部门工作的人，便只

有恐惧地逃。

他们离开西安时是1949年初，天气很冷。他清楚地记得，从西安到重庆，坐了整整20天汽车，那种解放牌大汽车，同行的有20多人。一行人从西安出发，路经咸阳、汉中、广元、绵阳、成都、内江，最后到达重庆。

山路弯弯，长路漫漫，没想到，在秦岭山中，有一天汽车忽然坏了。一车人，冻了一晚上。

路上并没有遇到共产党的人，因此车上的人当时比较欣慰，觉得他们的选择是对的，这一带，依然是国民党控制区。走着走着，他们的心情也好了，由当初的焦虑变得悠闲，甚至在路经一些历史文化景点时，还要进去看看。贾璠记得，到成都看了刘备墓。

自古以来，一场一场战乱不断。这一场战争结束后，又会留下哪些名垂青史的人？车上的人，会偶尔议论这些，但大多数时候是沉默。

天黑之后，条件好些的人会住旅店，差些的就在车上将就。

翻山越岭，重庆终于出现在视线里。城市之间建筑不同，街巷有异，空气却类似。眼前的景象似乎安然，贾播却总觉得暗藏凶机。他不知道，下一站，又会去往何方。

哥哥给他安排就读的是重庆清华中学，读三年级上学期。一切安顿好后，哥哥郑重地拿出十块大洋，仔细缠在他腰间，告诉他这要等到万一形势发生变化，哥哥也接洽不上他的关键时刻，再拿出来用。

看着哥哥离开的背影，想想身处的陌生校园，以及眼下的形势，16 岁的贾播摸着沉甸甸的大洋，心绪难平。

十块大洋，日日缠在贾播腰间，一直没给它们挺身而出的机会。他与哥哥的联络，始终没有中断，十块大洋被他在解放后兑换成人民币。

落脚下来的重庆，也如之前的太原、西安一样，并非宁静之地，物价一样飞涨，手中的法币贬值严重，差不多可以用麻袋装了。许多人就起来抗议。于是街上到处抓共产党，抓革命群众。但白色恐怖阻止不了进步学生的步伐，清华中学与南开中学的大批进步学生就经常联手，秘密宣传共产党，讽刺国民党。那时候，他们在天将黑时从清华中学出发，步行两个多小时到达南开中学，在死寂的夜里偷偷开篝火晚会，小声却激情开唱“山那边呀好地方，穷人富人都一样”。

街上极不安宁，学校一片混乱。哥哥没再提离开重庆。

或许，无处可去了吧，贾璠想。

监狱里，不断传来杀死共产党人的消息，比如江姐的遇害。

工厂停工，学校停课，全城一片恐怖。

该来的一刻，终于来了。1949 年 11 月底，中国人民解放军二野在涪陵横渡长江，进军重庆。

双方交上了火，上空常常有飞机轰炸，学生晚上连宿舍也不敢回，就住教室里。

有一场最严重也最让人心疼的轰炸，贾璠说是重庆的一条银行街。那么流光溢彩的一条金融街，被即将逃离的国民党反动派全部炸毁。硝烟裹挟着金子的碎屑与味道，弥散在重庆上空。

被炸的，还有军工厂。

贾璠不知道，远方的北京已经换了天地，中国大部分地区都阳光明媚。中华人民共和国成立了，重庆却还在做最后的挣扎。这些国民党残余势力是 1949 年 10 月 14 日解放军攻占广州后，将其伪中央政府招牌搬至重庆的。然而仅仅不到 50 天，重庆这一西南最大的政治经济中心即被解放。

11 月 30 日凌晨，解放军攻占了机场。国民党官员纷纷逃跑。

《重庆日报》报道这座城市的解放消息时这样描绘："全城欢声雷动爆竹喧天，百万市民庆幸黎明到来。"

贾璠不记得报纸内容，却记得街上农民抬着一头头将毛刮得一根不剩的白白胖胖的大肥猪，迎接解放军进城。街上热闹非凡，锣鼓喧天，其间夹杂着专门讽刺蒋宋孔陈四大家族的活报剧，还有《放下你的鞭子》等节目。

那一刻，倾城出动，才艺与心情携手绽放。

眼前的欢喜让他想家。1950 年，贾璠与家人回到太原。到家才知道，自他离开后，母亲就坚持不吃肉，为他们兄弟祈祷。直到他们出现在眼前，母亲才含泪欢喜吃下几年来的第一块肉。

带着兄弟多年颠沛之后再次回到这片土地的哥哥，继续做他的布匹及绸缎生意。只是他会时时站在门口，长久仰望一阵天空。

贾璠也会时时想他那两次独特的远行。几年后他从南开大学毕业，留在北京工作，但之后还是想法调回了太原，扎根在这片给过他喜与忧的土地上。

受访人:鲍亚强,江苏泰州人,退休干部,1932 年出生,1949 年 17 岁。

轻轻咬一口，好甜啊。于是她吃，女战士笑看。一口一口，少女鲍亚强就在女战士面前吃下一生中第一个西红柿。从此，再没有一种蔬菜或者水果的味道，比得过那个西红柿。

北风吹来的甜

泰州有文字记载的历史可以追溯到2000多年前的西周初年，当时叫海阳，属于吴国。后来几次更名，到了南唐成为州治，取“国泰民安”之意，从此更名成为泰州。明代哲学家王艮、清代文学家刘熙载、著名小说家施耐庵、书画家郑板桥、京剧表演艺术家梅兰芳，都是泰州文化艺术史上的杰出代表。

七百多年前，马可·波罗游历承南启北的水陆要津泰州后，留下一句话：“这城不很大，但各种尘世的幸福极多。”这种尘世的幸福，包括“春赏花海食江鲜，夏享夜游尝八鲜，秋逛湿地吃螃蟹，冬泡温泉喝汤包”；包括品尝干丝早茶、沐浴温泉的慢生活；包括尝遍梅府家宴、江鲜宴、溱湖八鲜宴的美食节。

“咦？咦！”泰州人鲍亚强听过这些，嘴一撇，随着身子夸张地后仰，抛出两个不同的婉转声调。我听出，那个拥有各种尘世幸福的城市，不属于她。确切地说，不属于 1949 年所属的那个年代。

1932 年出生的鲍亚强，刚刚懂事就每天东跑西窜躲炮火。她脑中存着的画面是母亲一早带着孩子们跑上远处的山，晚上才敢回来。后来日本人不进城了，派飞机来。于是每天早晨一下床，母亲就急忙把两张方桌拼起来，将全家的被子高高堆在桌上。做饭，洗漱，一家人不忘竖起耳朵听。一旦隐隐传来飞机的声音，全家人就慌忙钻到桌子下。

鲍亚强亲眼见过飞机将邻家的房子炸塌。

“想来也是自欺欺人，真有炸弹下来，几床被子、两张桌子能保护得了人?”鲍亚强今天讲来笑个不停，这也是之后她多次与母亲聊天时取笑的往事。她说母亲一度听到飞机声就吓得想撒尿，因为她多次亲眼见过断胳膊断腿血淋淋的人，被从废墟里拖出来。

鲍亚强也不止一次眼见这些惨状。因此，她童年与少年的世界里，只有黑暗，只有漫长的企盼。

尽管动乱，泰州人依然重视教育。鲍亚强是家里的老大，下面还有五个弟妹。艰苦的条件下，父母还是尽可能坚持让孩子们上学。断断续续，鲍亚强终于上了中学，就在著名的泰州中学，该校始创于 1902 年，即在宋代著名教育家胡瑗讲学旧址创立的泰州学堂。鲍亚强一直庆幸，尽管经常因为断了学费而休学，但她还可以坚持在好的学校接受好的教育。

“想好好读书，长大后走得远远的。”这是鲍亚强当初的最大愿望。于年少的她而言，或许远方是安宁的，是充满尘世幸福的。

鲍亚强的家庭，本不应该贫穷。父亲是大学生，学医，毕业后成为国民党的一名官员。但是后来，鲍亚强常常听到别人在背后说父亲是“大汉奸”。父亲因此只能在一家私人诊所工作，薪水也就很低。凭着有限的收入，再加上祖上留下的一处房产出租，一家人勉强度日。父亲是老大，他的两个弟弟都是地下工作者，其中一个还是解放长沙的关键人物，这是他们后来才知道的。

头顶没有飞机飞过时，阳光里，休学在家的鲍亚强与母亲一起，照着大大小小的纸样，糊鞋帮，纳鞋底。偶尔与母亲对视一眼，她内心便洒满安宁的小幸福。但一到冬天，愁云就写在母亲脸上，大大小小六个孩子，总得一人一身新衣服吧？东拼西凑，姐弟六人总能在初一的早晨，在枕头旁看到各自的一身崭新外套，以及地上的六双新鞋。

在家的鲍亚强，也给一家人做饭。自然没有泰州的海鲜与美食，最常见的是一锅大米饭，一盆炒油菜。晚饭都在天黑前吃，因为不舍得早早点燃那盏煤油灯。其实小小的煤油灯也是昏暗的，所以鲍亚强说做活儿一般都在白天。天黑时，晚饭已经吃完。家里漆黑一片，她便与弟弟妹妹及邻家伙伴一起，到街上路灯下享受难得的少年乐趣。

“北风那个吹，雪花那个飘——”突然有一天，街上传来一阵特别的歌声。那个年代，那是一阵既缥缈又亲近的声音。鲍亚强放下手头的活，拔腿跑了出去。

一家商铺前，几名解放军战士在向百姓演绎一个故事。后来，鲍亚强知道了这是《白毛女》。她说之前对解放军，心里有点怕，具体原因说不上来。或许是亲历了一场一场的战争，面对过一支一支的队伍，与这些背着枪的人接触，老百姓总是感到有一种令人忐忑的距离。

可那一刻，鲍亚强内心突然涌上一股别样的感觉。正在唱“北风吹”的女战士，令人心疼，令人心酸，令人心碎。那一刻，她不是穿军装的战士，她是受苦受难的百姓。

想拥抱她。鲍亚强觉得这是当时身边许多人的强烈感受。

“白毛女”绝望之际，解放军出现了。与世隔绝、尝尽世间苦难的白毛女，看到了救星，继而从恐惧，到接受。也就在这一天，鲍亚强说她不怕解放军了，而且内心感觉与他们亲近了，很近。

家门口，竟也有了安宁的感觉。

确实，自 1945 年 4 月在延安中国共产党第七次全国代表大会上公演后，《白毛女》就轰动全国，甚至全世界。演一场，红一场；演到哪里，就在哪里掀起感情的风暴。作家丁玲曾回忆当时农村演出《白毛女》的盛况：“满村空巷，墙头上、屋顶上、树杈上、草垛上全是人。”许多人从剧中认识到解放军是人民的军队，是一支为人民翻身解放而战的队伍。

并非一场剧，只是几名解放军战士在街上的一场小演出，“白毛女旋风”便吹进了少女鲍亚强心里，进而弥散在泰州城。好多人隐约意识到，尘世中的那种幸福，或许要来了。

拯救苦难中的百姓的解放军，会是百姓长久的救星吗？鲍亚强说盼着盼着，解放军真的来了，来到百姓身边，来到她的家，来到她的面前。

“给你!”圆圆的，红红的，鲜嫩嫩的，似水果一样的东西，被一双温软的手递到她面前。鲍亚强怯怯而好奇地接过，左看右看。

“吃吧。”对方又鼓励她。站在鲍亚强面前的，是和那天街上唱“北风吹”的人一样的女战士。她当时不知道，递过来的这个神奇之物不是水果，是蔬菜，名叫西红柿。

轻轻咬一口，好甜啊。于是她吃，女战士温暖地笑看。一口一口，少女鲍亚强就在女战士面前，吃下一生中第一个西红柿。

从此，再没有一种蔬菜或者水果的味道，比得过那个西红柿。

受访人:胡若昭,山西交城人,退休职工,1932 年出生,1949 年 17 岁。

少女胡若昭，在同龄人当母亲的年龄，还坚持坐在小学教室里。几年后她又以 21 岁的“高龄”考入城市的高中。她追寻的，或许是自己也无法确定的英雄的背影。

神秘威武的背影

山西交城县石侯镇，解放前属于文水县。胡若昭少年时就生活在这里。提到文水，人们一定会想到一个人，那就是刘胡兰。

没错，刘胡兰与胡若昭同龄，都是 1932 年出生。1947 年 1 月 12 日，刘胡兰死在国民党的铡刀下，年仅 15 岁。

石侯镇与刘胡兰生活的云周西村，相距十多公里。因此很快，这个消息就传到胡若昭耳朵里，传遍了整个文水县。“就是个怕。”胡若昭说。此前，老百姓一直骂“勾子军”，这是当地百姓对国民党十九军的一种詈称，说他们不断制造恐怖，常常乱棍打死人，但总归觉得都是中国人，要比刚刚离开的日本人强一些。之前日军在当地，老百姓曾亲眼见到他们一人抓着一条腿，残忍地将一个婴儿撕成两半。那时候，胡若昭经常哭着叮嘱母亲：“哪天逃难我跑不动了，就把我推进井里啊！”她知道，如果被抓，没人可以救她。

刚庆幸活着熬过抗战，又遇“勾子军”如此残忍，杀死一个年轻的同胞。一村人，包括亲人，眼睁睁看着少女刘胡兰死在面前。而且，尸体在冰冷的雪中躺了两天。

胡若昭没见过刘胡兰。她在内心却无数次想过，那个时刻，什么样的人出现，可以从铡刀下拯救出这条年轻美丽的生命？

确实，刘胡兰牺牲后，一个英雄策马来到云周西村，悲痛欲绝，大发雷霆，那便是之前与刘胡兰定了亲的八路军战士王本固，河北人，当时是一名连长。在云周西村养伤期间，他因为共同的理想信念与刘胡兰结缘，之后郑重订下婚约。没想到离开不久，心爱的姑娘就死在敌人的屠刀下。1949 年，王本固在解放太原战役中因作战英勇，晋升为第一野战军第十二团团长。

胜利后的王团长再一次打马归来，云周西村却再也不见那双美丽的大眼睛。

英雄悲痛离开。留给云周西村的，是一个苍凉的背影。

那个时候，与英雄刘胡兰同龄的胡若昭，还坐在小学教室里。连年的战乱，不断的惨案，让她这样的少年过早变得沉默稳重。她们的内心，一定也期待着一个威武的身影，一副有力的臂膀，一双温暖的手掌。

突然有一天，她惊奇地看到，正上着课的老师突然打开窗户纵身跳出，瞬间消失。胡若昭满心惊讶，却不问，不说。随后学校出现了一些人，恶狠狠、凶巴巴地搜寻人。年少的她隐约觉得，定是与刚刚翻窗跑掉的老师有关。

这样的事情，之后时有发生。这些越窗而去的老师，是什么人？胡若昭从未问过，即便多年后她与其中一位老师成了亲戚。她只是觉得，那些老师飞身远走的瞬间，有一股豪气甩在身后。他们的身上，一定藏着许多秘密。

有一天，藏着秘密的一位老师走近她，把她叫到一个无人的角落。老师从身上掏出几页写着字的纸，快速塞进她手里，小声叮嘱："藏好！谁也别告诉！"

当她不知道该往哪藏时，老师一指：袜子。按照老师的吩咐，胡若昭卷起裤角，解开绑带，将几页纸塞进长长的袜子里，抚平，再用带子系好，放好裤腿。

看胡若昭身上无一丝破绽，老师点点头，一闪身走了。

返回教室，胡若昭并未害怕，像往常一样上课。今天说起，她说或许当初不知道老师给的纸上有什么重要东西，或者是不知道那些字里藏着危险，只觉得有一丝神秘，还有一份责任。这一天的心情，当然会与平时有些许不同，或许是盼望，或许是担心。更重要的，是一个神秘而无畏的背影，总闪现在脑中。

直到纸页的主人平安出现在她视线里。

心照不宣。她默默起身，跟着那个背影再一次来到原地，郑重交接。当然，老师一定会轻轻给她说些表扬与鼓励的话，或者再摸摸她的头，拍拍她的肩，带着秘密转身离开。

之后再发生同样的事，胡若昭总要默默盯着那背影看一阵，再转身。

这样的事，她此后没向任何人说起。只是多年后常常想起，那些背影，一定与那些被“勾子军”乱棍打死的人有着一样的身份。当年在学校，他们是冒着生命危险，暗地里做一些无人知道的大事。

那些既有学识又有勇气的背影，定格在胡若昭的记忆里。

胡若昭所在的石侯镇是一个比较大的村，学校在一所庙里。尽管学生不少，但依旧有许多孩子不上学。有的是自己不想上，有的是家里不重视。与胡若昭同龄的女孩子，许多都嫁了人，有的甚至已经当了妈妈。胡若昭说她的母亲从小就渴望读书，但家里重男轻女，只让男孩读。母亲未能读书的情结，便放在两个女儿身上。从走进学校第一天，母亲就告诉两姐妹好好念书，多识字。胡若昭想读书，却与母亲纯粹的想多识字不同。她的内心，模模糊糊筑着一个梦，燃着一团火，与日军手撕婴儿，与铡刀下的刘胡兰，与越窗而逃的背影，都有一丝说不清的关系。

上下学路上，看到同龄的年轻妈妈抱着孩子坐在大树下、谷场上，竟越发激起胡若昭继续求学的决心，她甚至不会走近她们，俯下身去逗逗那些孩子。她的心，在书里，在远方。胡若昭没有想过，那些年轻妈妈的眼里，是对她这个年龄还背着书包念书的不解，还是为自己不能像她这样旁若无人走在上学路上而羡慕？

也或许，胡若昭也会想想这个年龄的女孩子该想的事，结婚，生子。然而想法总是一闪即逝。飘摇的年代，当风雨再来，拯救铡刀下百姓的，可是眼前耕田挑粪奶孩子的人？

村里有几位比她大几岁的学生，以优异的成绩考到太原上学。这让胡若昭羡慕不已，也激奋不已。

到太原读书，成了她具体而明确的方向。

上完小学上初中。解放后，她终于以21岁的“高龄”考入太原第一中学这所全日制高中。她当时的美术老师，就是今天的著名画家赵梅生。那时候，因为家庭是中农的原因，经济上有一定困难，但她凭借优异的成绩，依靠助学金顺利完成了学业。

至今，她仍不后悔在当时很大龄的 23 岁才走进婚姻，却为她的丈夫是从太行山抗日战场走出的一名教师而自豪。她喜欢每日迎接丈夫，更喜欢在家门口，看着他的背影消失在上班途中。

受访人:温端政,浙江温州人,退休干部,1932年出生,1949年17岁。

1949 年，在浙江省立温州高级中学读高二的温端政，竟然不知道中华人民共和国成立了。细问，才知那段时间，他被父亲软禁在家中。

被软禁的少年

隔窗喊叫，大声拍门，无力屈服。这不是电视剧里的情节，而是 1949 年一个少年生活的真实写照。

那一年，在浙江省立温州高级中学读高二的温端政，竟然不知道中华人民共和国成立了。细问，才知道他被父亲软禁在平阳县麻步乡雷渎村的家中。这个远离城市的乡村，那时还处在国民党统治的白色恐怖中。

其实，温州市 1949 年 5 月就解放了，可温端政的村子没有一丝气息透进去。他的家乡距离温州市200多公里，现在两个多小时车程，当年得用上两天两夜，先坐人工小船，中间再步行翻山，之后再乘船，才能到达。今天发达的温州，当年却破破烂烂，只有6平方公里的城区在抗战中拆的拆，炸的炸，一片狼藉。交通也极闭塞，不但没有机场、火车站，连汽车也没有，对外交通只有水路一条。

温端政被软禁，是因为他在1948年参加了学校的一个组织。这个组织由温州中学地下党领导，叫“群峰读书会”。温州中学地下党又接受浙南游击纵队领导。

此前，温端政发现同班同学卢声亮总有意无意与他接近，有一天更向他抛出一个问题：“你说蒋介石是好人还是坏人？”

温端政照实说：“我觉得坏就坏在他下面那些人身上，贪污腐败，横行霸道，才把国家搞得不成样子。”

温端政说他当时并没有自己太独立的思考，观点是受父亲影响。没想到卢声亮马上反驳："你这观点不对，蒋介石本身就不好，不说别的，你看他如何镇压共产党？"

温端政答不上来。他不知道，卢声亮当时虽然没有加入中国共产党，却早已秘密为党组织服务。随后他向温端政推荐了一些书籍，比如《大众哲学》与《新民主主义论》。

捧着这些书，温端政眼前一亮，思想与认识随之发生了变化。正当他想与卢声亮就一些问题深入探讨时，却发现学习成绩极好的卢声亮退学了，跑去浙南参加了游击纵队。不过他并没有放弃温端政，介绍了另一位叫赵承梓的同学继续影响温端政。赵承梓与温端政本是"乒友"，因此关系更加亲密。

只是温端政不知道，群峰读书会的牵头人之一，就是赵承梓。另一位牵头人是时任温州中学地下党支部书记林景润。于是 1948 年下半年，温端政成为群峰读书会的一员。

读书会，当然要读书。他们学习的书目主要有毛泽东的《论联合政府》，刘少奇的《论共产党员的修养》，以及香港的《文汇报》《华商报》《群众》。还有由地下党组织偷偷油印的《浙南周报》。

读书会还有另一项内容，就是开展批评与自我批评，反省自己的思想与言行。

温端政说，当时这个读书会人才济济，很多人多才多艺，比如他们曾合力在40周年校庆壁报比赛中夺魁，赢得由校长金嵘轩亲笔题写的一面“最优”锦旗。

经过群峰读书会熏陶的温端政，内心确立了新的方向。1949年暑假回到老家的第一件事，就是把麻步乡在外读书的20多名青年组织起来，给大家讲述共产党的主张，抨击国民党的腐败，号召大家支持共产党，跟着闹革命。当时，社会物价飞涨，法币成为不值钱的纸，国民党又造出金圆券，又涨；再换银圆

券，依旧涨。人们只能将手里仅有的钱购买物品与粮食。本就对当时形势不满的热血青年们听过温端政的言论后积极响应，活动产生了极大的影响。

这可吓坏了温端政的父亲，他当时任平阳县北冈区田赋主任，负责收田粮，也算是国民党政府部门的一名小官员。温端政说这工作其实是承包给父亲的，收的多就有节余，但善良的父亲常常收不够，就会拿家产去充公，为此还曾住过几个月监狱。

或许因这些原因，父亲的胆子更小了。他不能容忍自己儿子牵头组织这样危险的活动，于是果断把他关起来，与外界隔离。

假期里最有意义的活动被迫中止。

更重要的，是切断了他走向光明的一条路。他哀求，他抗议，他保证，都不行。父亲深知年轻人的热血，更知儿子内心熊熊燃烧的一团火焰。他知道，一旦国民党那边得到风声，儿子必然是死路一条。因此这团火，只能由他这个当父亲的强制掐灭。

他独自在屋里，一天天盼着，终于到了学校开学的日子。温端政以为，这下父亲该放自己出来了吧？确实，父亲把他放出来了，却不给他一分钱。

没钱，怎么去温州？怎么上学？这正是父亲对他的又一限制手段。他知道，这个儿子一到校，又会继续投入群峰读书会，又会继续他的活动，或许比之前更加激烈。他不能眼睁睁看着儿子去送死。

走出屋门的软禁，少年温端政没有任何办法改变这种处境，只能一遍遍站在院子里，跑到田埂上，遥望远方的温州，遥想远方的伙伴们。

一脑子思想的火花，无处发散。温端政说他今天想不起来了，当初是用什么办法把自己的遭遇传递给读书会。总之不久之后，读书会便派出一位叫潘国良的同学长途跋涉来到家里，做温端政父亲的工作。

然而，温端政与读书会伙伴们的这个算盘，还是打错了。这一做工作不仅没起到作用，反而让他的父亲看到他丝毫没有熄灭的内心火焰，更坚定了不让儿子离开家的决心。

最后的希望也没有了，闲在家的温端政无聊极了。那时家里雇有一名长工，负责种地，还有一位保姆，因此他除了偶尔下地帮帮忙，更多时候是看看书，也是全无兴致，甚至思念当初在学校因为食堂承包者偷工减料，吃不饱肚子而大闹饭厅的日子。

温端政不知道，他被软禁在家的这段时间，读书会里的大多数同学都先后退学，带着少年的热情与激昂参加了革命。

他更不知道，在家的半年多时间，正是温州市走向解放的艰难时期。1949 年 5 月，经过几番周折，浙南地委机关与游击纵队司令部，在司令员龙跃的率领下从小南门上岸，进入温州城。当月，满大街响彻报童“号外！号外！”的欢叫声，群峰读书会必读的《浙南周报》醒目地报道了解放温州的消息，题目是《浙南人民解放军一举解放温州》，副标题也让人欣喜：“守敌两个团、一个纵队光荣起义”。

温州，和平解放了。

那些挺进温州城的解放军队伍里，不知道有没有温端政读书会的同学。后来他知道，读书会牵头者之一林景润，解放后担任了温州学生联合会主席，兼浙江省学生联合会副主席，是全国学生联合会委员。最初培养他的同学卢声亮，改革开放后成了温州市市长。

直到 1950 年春天，中华人民共和国成立的消息才翻山越岭，传到温端政的村庄，他也终于得以解放，重返校园完成了最后一个学期的学业。

多年以后他常常想，如果不是 1949 年被父亲软禁，他会不会也退学去参加革命？会不会，也走和林景润与卢声亮一样的道路，而不是从事语言研究？

受访人：杨行正，山西怀仁人，1932 年出生，1949 年 17 岁。

1949年前夕，全国各地枪声频繁，然而陕坝却是难得的宁静，犹如一处世外桃源。

陕坝的宁静时光

今天的许多人，不知道陕坝。

陕坝当年是绥远省的一个市，今天成为一个镇，是巴彦淖尔市杭锦后旗旗委、旗政府驻地。绥远省在今天内蒙古自治区中南部，省会在归绥，即今天的呼和浩特市，疆域包括今天河北省大部及北京市三环以外全部地区。

清朝光绪年间，陕坝已初具规模。抗日战争爆发后，日本人大举进攻绥远。1939年2月，陕坝成为绥远省临时省会，因此成为西北抗日的桥头堡。就是在这里，先后发生了绥西战役、包头战役、百灵庙战役和著名的五原战役，特别是五原大捷，让陕坝名扬天下。

烽火连天的抗战岁月，人才奇缺。在艰苦的条件下，当地于1942年将设在宁夏黄渠桥的奋斗小学迁至陕坝，并创建了私立奋斗中学，这是河套最早的中学，被誉为“马背上的摇篮”，办学方针是“德智体兼修，教学做合一”。

就在这一年，10岁的杨行正跟着父亲从重庆回到陕坝。山西怀仁出生的父亲大学毕业后到了陕坝工作，之后又到重庆。但日军侵华期间，重庆轰炸非常严重。炸弹几次在杨行正身边不远处爆炸。每次从防空洞回家的路上，她都要从一具一具被炸死的百姓尸体中穿过。她的母亲，也因为患了肺结核无药治疗而惨死重庆。为了给三个年幼的孩子一个较为安稳的环境，父亲带着他们回到陕坝。

陕坝，从藏语“善巴”“松而”音译而来，是一个寓义“善良与财富”的地方。早在清末，就成为北疆茶马古道贡马互市、商贸流通的集散地。

站上这片远离内地的土地，杨行正第一次感受到了时光的宁静。这里的孩子们在读书、在游戏；这里没有伤痕，没有废墟，更主要的是几乎听不到枪声和炮声。

1949 年，杨行正考入奋斗中学高中。她说之前绥远的中学普遍教学水平低，考入大学的学生极少。为改变这种现状，学校出台了多项政策，比如实行奖学金制度，优秀学生所得奖学金加上补助津贴，就可完成中等教育；对考入大学或出国留学的学生，由省教育厅发放旅外津贴；另外还设立了奖学金，鼓励贫困家庭的孩子。

多年后的今天，杨行正还记得，她当年一些成绩好但家庭贫困的同学，就是依靠奖学金及助学金顺利完成了学业。当时省立学校教师每月收入达 30 元，可购1400斤白面；高水平的教师收入更可达到每月150元！

杨行正还说她中学时一学期的学费是一袋白面。

学校不仅重金聘请外省著名教师授课，还邀请胡适、张伯苓、刘半农等知名学者到学校作报告或讲学。

当然，学校对学生的要求也极其严格。奋斗小学学生可以走读，但初中以上就必须住校，统一着校服。只有周日早晨可以回家，但下午6点前必须返校上晚自习。而且学校要求，所有学生都必须步行到校，尤其是家里条件好的学生，不得搞特殊化。杨行正清楚地记得，一次董其武的女儿周日返校因出门晚了，怕迟到，因此申请坐了父亲的车。没想到被学校发现，在操场上点过名后，主管的老师当众用教鞭责罚了她。

教师一个学期下来不合格会被解聘，学生年级考试不及格将会留级。杨行正说这样的环境下，学生们

学习特别努力。因此她的记忆里几乎没有嬉戏玩耍。高中时班里大概30多个学生，12个女生与男生分区域坐，她不知道当时有没有被男生悄悄注意过，她们这些女孩子从来不主动与男生接触。音乐、体育、美术课程都有，因此也没什么特别的活动，课程大概有八九门。这里有幽静的校园环境，浓厚的学习氛围。多年后与同龄人对比，更知他们可谓是那个特殊年代一批幸运儿。

奋斗中学的学生宿舍，是用木板搭建的大通铺，初中部一间宿舍住20多个人，高中部八九个。被褥整理按部队的要求，叠得整整齐齐，上面统一盖一条白单子。毛巾脸盆等洗漱用品一律整齐摆放在固定位置。杨行正记得，夏天的校服是黄色中式装，衬衫裤子一色，黄艳艳地映照在蓝天下。

明艳艳的阳光里，学生们围坐一圈，吃着可口的稀饭馒头，或是糜子饭。

陕坝这个地方，与几年前杨行正跟着父亲在重庆相比，简直是两重天。多年后她听说许多城市通过一场一场惨烈的战斗、一批一批战士悲壮的牺牲，才得以解放，便越发为当初生活在陕坝而庆幸。

1949 年，全国各地经过一场场激战，陆续解放，北平也和平解放。这些消息没有传到陕坝，学生们依然像往常一样坐在教室上课。驻守此地的国民党军政人员 4 万余人实现了绥远“九·一九”起义，绥远和平解放。

1949 年年末，归绥奋斗中学、陕坝奋斗中学与奋斗小学重组。1952 年，私立奋斗中学改为公办，之后几度改名，1989 年再次恢复“奋斗中学”校名，是内蒙古自治区重点中学和全国百强中学。

不管陕坝的奋斗中学发展如何壮大，留在杨行正记忆里的，始终是动乱岁月中一方静谧纯净的空间，一个有着浓郁文化氛围的校园。

受访人:李夜冰,河北井陉人,画家,1931年出生,1949年18岁。

解放战争的最后时刻，天天炮声隆隆，日日烽烟弥漫。然而你自开火，我独抚琴作画。琴声的悠扬，鼓乐的激昂，色彩的力量，以另外一种战争的形式，铭刻在1949年的年轮里。

烽火中的色彩与琴声

解放区长大的孩子李夜冰，从小就极具艺术细胞，尤其擅长绘画。

李夜冰是幸运的。11岁开始，他在晋冀鲁豫边区平东抗日高等学校读书时，便遇到留英美术老师李秀明，并在李老师的指导下开始画画。三年后，李夜冰便参加了工作，走进战士阵营，用手中的笔与色彩做武器，开始了另一种形式的抗日。

那时候，李夜冰所在的河北井陉的村子归山西平定县，属晋冀鲁豫军区一分区。笔下的一系列抗战宣传画，让他在解放区有了大名气。1948 年下半年，他再一次被抽调，举着心爱的笔，走进解放战争。

他赶上了牛驼寨战役。李夜冰记得，他们走进太原东山黑山坪一带。这是解放太原的第一阶段，即扫清外围，为之后的围城与攻城做准备。人们都知道解放太原的艰难与惨烈，牛驼寨又是太原战役中最为艰苦的恶战之一，前后历时 20 多天。

“是赵承绶提供的信息。”在前方的李夜冰总会第一时间得到信息。“所以先攻牛驼寨。”

1948 年 7 月 6 日，“绥靖”公署副主任兼山西省保安副司令、野战军总司令赵承绶在晋中战役中被徐向前部队俘获。之后，徐向前的夫人特意将赵承绶远在上海的女儿与女婿接到太原前线。一家团聚之际，他的五台老乡、旧日同学徐向前又前来劝说，最终赵承绶同意与阎锡山商谈和平解放。

当然，这一计划还是失败了。

尽管赵承绶深谙阎锡山的部署，牛驼寨一战还是费了大周折。到了 1948 年 11 月 13 日，先后经过九次爆破、五次攻击，耗用了两千余斤炸药之后，终于炸开顽固的庙碉，夺取了牛驼寨。承担牛驼寨作战任务的是第七纵队，也就是解放军统一番号之后的第一野战军第七军。这场战争让他们付出巨大牺牲，有的营最后只剩下 50 余名战士。

当然，每场战争中除了战士的力量，还离不开百姓的支援。整个战役期间，直接参加支前工作的第一线和第二线民工多达 25 万人，民兵 5 万人，参加运输的牲畜 2 万余头。民兵主要负责看管粮食仓库和军用物资，并担任必要的看管俘虏及运送弹药工作。民工除了运送物资，还要负责开山辟路等体力活。无论民兵还是民工，关键时刻都要参加战斗。甚至远在寿阳、阳曲等地区的群众都被全体动员，男女老少齐上阵。

这感人的一幕幕，李夜冰就用笔刷在醒目处：抢救如兄弟，运输一顶仨！

据统计，太原战役期间，支前民工共运送弹药400万公斤。当然，手无寸铁的这些支前工作者的血肉之躯毕竟无法抵挡战火的无情，以致路途血迹斑斑，203名支前民兵与民工牺牲，746人负伤。

李夜冰记得，他当时到前方时，身边就有三名战士保护。那时根本没有路也不敢走路，都是从避战壕爬过去的。尽管如此，还是有人不断倒下。他的一个当老师的同学，就是在支援东山时中弹牺牲的。

“连棺材都没有。”他至今想来还极遗憾。

多年后，当时的国民党三十军第二十七师师长仵德厚也回忆：当时的太原人命不值钱，棺材值钱。

新华社随军记者萧逸，也是在向双塔寺守军喊话时头部中弹牺牲的。萧逸的岳父，就是著名文学家茅盾。他之后在一封信中写道：“萧逸在前线牺牲，我的悲痛是双重的，为国家想，失一有为青年；为他私人想，一番壮志，许多写作计划都没有实现。我已经多年以来，学会了把眼泪化为愤怒，但萧逸之死，却使我几次落泪。”

萧逸的另一位摄影同事李光耀，也在之后攻占太原北门的战斗中负伤牺牲。

太原城与牛驼寨之所以难攻，是因为其守军除了国民党军队，还有不少日本兵。之前日本投降后，阎锡山与日军一拍即合，一方希望利用日军维护统治，一方有心利用阎锡山保存实力，等待时机卷土重来。于是投降的五千余名日本士兵留在山西，编入阎军建制。阎锡山也给了他们极高的待遇，所有日本士兵一律官升三级，兵发双饷。

尽管日军工事防御出色，坚固无比，但毕竟大势已去。一座孤城，抗争只是苟延残喘而已。多年后有参战日本士兵回忆：“只有几百米高的阵地里，解放军不断冲上来。一到晚上就用山炮、手榴弹等攻打，数千发炮弹将阵地翻了个。我们早已草木皆兵，在炮弹、手榴弹爆炸的火光中一旦闪现出解放军的人影，我们就朝着人影用枪乱打一阵。牛驼寨被照明弹照得格外明亮，我们渐渐地支撑不住了，解放军的兵力是我们的几十倍，太原城内的弹药又无法及时运送上来。战斗咬得很紧。在飞尘、硝烟、炮击的爆炸声中，传来呼唤母亲或妻子名字的呻吟声。受伤后只能默默地躺着。突击的高潮退去后，打量四周，日军士兵们都毫无价值地倒在壕沟内。有的已经奄奄一息，问他最后有什么话要说，他叫唤了一声：'我要回国！'便断气了。"

枪声、炮声、号声、鼓声，也终于停了。墙上的标语、宣传画在逐渐消散的烽烟里时隐时现。

拿下牛驼寨，就犹如拿到打开太原城的一把钥匙。解放后，烈士陵园和解放太原纪念馆先后在这里落成。高大的解放太原纪念碑，外形就是一把竖立的钥匙。

烽烟散尽，极目处一片悲凉。顾不得忧伤，顾不得落泪，李夜冰举着画笔，跨过一具具青春的尸体，转向最后的太原城攻坚战。

1949年1月1日，李夜冰到了榆次，走进徐向前部队的宣传科，这里却没有一丝元旦的气息。他说当时这里吹拉弹唱的战士都有，唯独没有画画的。之后的春节，他就和这些文艺战士一起度过，共同吃完一大锅热乎乎的小米焖饭，定格下一生中一个独特的新年。

无须鞭炮。战争并没有因为新年的到来而停下，李夜冰说，有时突然会恍惚一下，以为轰隆隆的炮声就是噼里啪啦的鞭炮。

枪声、炮声在猛烈响过一阵后，累了，疲了，最终停下来。周围立刻死寂一片。双方的战士，在歇息，在叹息，也在摩拳擦掌。宣传科的战士们便适时拿出各自的武器，二胡、唢呐、锣、鼓，铿铿锵锵吹起来，奏起来，响起来。

这是家的声音啊，是家门口大戏台上的声音啊，更是正月天闹红火的声音啊。伴着这欢快的鼓声和悠扬的琴声，一定有战士落下泪来，一定有战士想象到，有一个姑娘在队伍中，轻盈地舞动一条大红绸。

没错。这些悦耳绵柔的鼓乐不仅吹给自己听，弹给战友听，更要越过战壕，飞过围墙，送到对手耳朵里。

听啊，我们的战士自会会心一笑，他们听到奋进的号角。家的距离，越来越近了，他们的拳头，握得更有劲了。而这声音传递到敌阵，却似利剑，似刀锋，直指一颗颗本就支撑不住的心。

战地画家李夜冰，当然不会闲着，就在这悠扬的鼓乐声中，一张一张，一份一份，画出眼前的景，画出期盼的心，画出即将到来的黎明。

一边是烽火弥漫，一边是色彩绚烂。

1949 年 4 月 24 日，长久笼罩的乌云欢快地散去了。太阳，终于冲破炮声、鼓声，迫不及待地出现在太原的上空。

走过斑驳的街巷，仰首残败的城墙，一幅幅或温暖或激昂的图画，静静固守在原地，以灰色年代的明艳，咀嚼着曾经的疼痛与暖情。

李夜冰从废墟中走过，偶尔可看到几根断裂的琴弦、一片残破的鼓皮，或者一支蘸满“锅底黑”的残笔。

他知道，明天的画面，是真正的明艳。

看少年，读中国

（后记）

蒋殊

我始终认为作家是有责任的。

作为作家，为成人读者写过很多与中国的大背景、大事件有关的话题，《再回 1949——那时的少年，那时的梦》，是我为少年读者抒写的关于此话题的首部作品。

这本书，源于好友、出版策划人陈彦玲的一个让我激动的选题策划：为当代的青少年抒写一本“新中国成立那一年的中国少年的故事和经历，其主题思想一定要绝对真实、且富含成长的能量”的书，全面地展示那时的少年、那时的梦。

彦玲说得激情，我听得更激情。

那时的少年，那时的梦

2016年年底的那一天，我满怀激情，开始这本书的写作。

我用了将近两年的时间，寻访了24位老人。

那段时间，我常常外出学习、讲座。但无论多么忙碌，这本书无时无刻不在我的脑海构思里：给当代青少年用情、用力抒写一本有故事、有能量的书。

我很快走近了第一位受访人，山西武乡89岁的萧江河，少年时曾任朱德儿童团团长，他的事迹让我忍不住记录，更难掩内心震撼。

途中，又拜访了83岁的赵炳旺老人，这位曾经被我采访过的受访者，重提旧事时，再一次失声痛哭；而回忆曾经的少年时光，却神采飞扬、饱含激情！

1949年的记忆，在我家乡的土地上——山西武乡，由模糊到清晰慢慢地打开。借着兴致、凭着责任，我一口气采访了五六位 85 岁左右的老者。随着采访，脑子里关于“中国少年力量和梦想”的轮廓，日渐凸显。

2017 年，我又寻访了 10 位当事人。

1949 年的中国，1949 年的中国少年，在书写和整理中，让我一次次感动，一次次深度体会到他们身上独特的精神！

2018 年急促地来了。

对之后的寻访人，也有了新定位，除了在年龄上达到要求，又从地域、职业、经历多方面进行了补充。受访人今天从事的职业固然重要，但当年的经历及成长环境更关键。而兼顾这些，受访人最好少年时处在不同的地域、不同层次的家庭中。

在一遍遍找朋友、求线索后，2018 年 10 月的一天，我竟一鼓作气地接触了 6 位 81 岁到 87 岁的老人。当月结束时，又顺利拜访了 14 位 1949 年分散在祖国各地多个省份的受访人。

北京、天津、河北、河南、山东、山西、陕西、浙江、江苏、内蒙；工人、农民、教师、医生、画家、曲艺家、歌唱家、作家……笔下的人物越来越丰满，故事越来越迥异，地域也越来越宽泛，力量越来越强壮。

采访达两年，接触人数近 50 位，最终选定 24 位。在 1949 那一年，这些中国少年最小的 8 岁，最大的 18 岁，生活地域涉及 10 个省份 20 个县市村庄。

那段时间，我跟着这些受访者，如农民般一寸寸刨开脚下的土地，翻检着深埋的记忆。

一次次回忆，一遍遍聆听，我更多的感受是，中国少年从未离开过梦想，从未惧怕过阻碍，从未放弃过努力。有国家做强大而温暖的后盾，在一件件、一桩桩看似过不去的坎儿面前，他们，不怕！他们，敢当！

天南地北穿越，漫游，我不时跟着回到 1949 年，时而成为一名穿着花棉袄，追着牛羊在山坡上奔跑的孩童；时而又是坐在燃烧的废墟里哭泣的少女。那些受访人也是，忽而欢乐地大笑，忽而又难过地掩面。但所有的人，都感念我让他们时隔 70 年后重返少年。无论欢喜或悲伤，追忆总是最珍贵。

24 位在 1949 年风云中成长起来的少年，就这样鲜活存在于我的文字里。

12 月 30 日出发去西藏前，我将完成的 24 篇文章发给出版社。

如释重负。

书中往事，会让我脑海中不停浮现出他们口中的 1949

年的中国图景。

长途跋涉走南闯北、艰辛寻访一位位老人，不是一件容易的事情。如果不是激情，如果不是一次次被 1949 年的少年打动与感染，我不会如此高效率地利用时间。

完成这本书，我要感谢我的好友、本书策划人陈彦玲。

更要感谢认真、大量地提出修改意见和建议的湖北人民出版社总编辑姚梅。

还特别要感谢牵线“1949 年少年”的许多慧、杨国闻、李晓斌、安志伟、康庆英、任俊文等朋友，他们在我寻访的过程中给予了大力帮助。

还要特别感谢一下自己，这是我在完成《重回 1937》之后的又一本记录特殊年代、镌刻永恒记忆的作品。

最后，把感谢送给所有我接触过的 1949 年的那些少年。

从他们身上，我看到苦难，看到忧伤，看到饥饿，但更多看到的是他们对未来的那份希望与坚守。

他们的生存环境千疮百孔，但他们选择了相信自己有力量，前方有阳光！他们的少年时光几近黑暗，却忍住悲伤，恪守品格，向善，向上。

通过24份记忆，我着力勾画出一幅共和国成立之初的中国全景速写图，以及这张版图上，从生活的夹缝中、小道间，渗透出的那股细密柔嫩却不凡的温暖和力量、责任与担当。

落笔《再回1949——那时的少年，那时的梦》，忍不住在心中呐喊：

少年强，中国强！